黄金海岸

老王子 著

上海文艺出版社

一、姚晟篇

1. 初初见你 [3]
2. 爱火燎原 [14]
3. 梦醒时分 [25]
4. 旧欢如梦 [40]

二、彭辉篇

1. 渣男心声 [55]
2. 孽海情天 [66]
3. 买个教训 [78]

三、张翔篇

1. 小唐姑娘 [91]
2. 到上海去 [104]
3. 美好时光 [118]
4. 海的深处 [131]
5. 异国来客 [143]
6. 三角关系 [155]
7. 豆瓣女孩 [168]
8. 各奔东西 [181]
9. 魔鬼你好 [196]

四、高亮篇

1. 年轻房客 [209]
2. 新上海人 [219]

五、彭辉篇

尾声 [231]

后记 [238]

一

姚晟篇

1. 初初见你

2004年我从湖南第一师范学校文秘专业毕业,在长沙找不到心仪的工作,只好跟着同学们去广州。刘黎,我们学校最好的应届毕业生之一,进了南方报业。当时我也想进,凭着学生会期间跟她的一面之缘,请她帮我递简历。她答应了,但不知道有没有真的递过去,总之是应聘没有成功:我连个面试的通知都没收到。本来我找了打印店,把我大学期间写过的东西,诗歌、小说、剧本、文学评论用 A4 纸打成了一大本,想趁着面试的时候给人家看看,结果最终不过变成了我每餐盖泡面的锅盖。

我那段时间天天在 QQ 上跟刘黎说话,跟她说我多么想成为一个记者(或者编辑,但我都不是太清楚这两种职位的差别),她刚入职忙得很,神出鬼没,问一句老半天才回,根本不愿意和我多说。我住在林和西路附近的一个小宾馆里,身无长物,心急如焚,天天到附近的网吧上网混日子,眼看着从我妈那里要来的钱越花越少。打游戏的间隙,我在网上搜小说和诗歌看,在亦凡书库看《北回归线》,在灵石岛诗歌资料库看惠特曼和艾伦·金斯堡,高兴的时候我觉得自己是惠特曼那样的世界之王,"绝不会第二手的接受知识",悲伤的时候又变成亨利·米勒,手淫至死,"将要被时光之癌吞噬"。

凌晨,我站在小宾馆的门口抽烟,那里正对着一片农田,农民们现在都歇了。按说我也应该去睡觉,但我却焦虑得直掉头发,因为他们会在我早晨刚睡着的时候推门进来接水龙头浇地。我有时觉得自己找不到工作就是因为睡不好,有时又觉得其实我睡得再好也找不到工作。

在我快把自己弄死的时候,我诗歌论坛里的网友 seesaw 来找我说话，说想给我在论坛底下开个专栏，我跟他吐槽了我的现状，他沉默了一会儿，跟我说，我要是愿意，可以直接到这个诗歌论坛来做事，他们正好需要一个我这样的人。我从大二开始泡这个论坛，作品上过每月精选，算是论坛里的"老人"了。他和我说起我们这个诗歌论坛的背景，是一个年轻时喜欢诗歌的女大学生创办的，现在她已经是个功成名就的女企业家，已婚，丈夫也很有钱，总之就是那种广州的中产家庭吧。论坛里 ID 叫"枕头"的，其实就是她本人，但没有几个人知道。

枕头老公做的事情和 IT 相关，于是他们夫妇一个出钱一个出技术，建立了这个论坛，并运用自己的社会关系请来了国内尤其是广东省内当时最著名的一批诗人进驻，一起来的还有评论家和高校相关研究机构的教师们。受他们的感召，南方的诗歌爱好者们都会来这里逛逛，隐隐和当时北方很火的北大新青年论坛有分庭抗礼之势。

论坛的工作人员起初并不多，一般都是在这里写诗的年轻人或者高校学生兼职，后来论坛规模逐步扩大，甚至能够接到一些电信公司或图书公司的广告了，这便不是兼职可以解决的了，于是开始招聘专职的员工。前不久刚有人离职，他可以推荐我去，情况大概就是这样。我在想象中把枕头塑造成了 18 世纪那种会资助艺术家的欧洲贵族妇人，做了一夜一夜的绮梦。但我并没有能够见到她，面试就是 seesaw 帮我在网上做的，实际也没有谈太多，主要就是定了一下待遇，后来让我去一个写字楼里签了合同，但我不用坐班。工作内容很多，却不复杂，除了广告上刊、数据统计、论坛前后台管理，还有就是接受诗人们建立自己诗歌专栏的申请，并帮助他们选稿、排版，直到发布，类似后来的那种互联网运营，薪水是 1800 加 245 块饭贴，在广州勉强能活。

这个工作的好处就是能够和诗人打交道，我得以接触到了不少挺有名气的诗人，但都是在网上用 QQ 对话，或者是邮箱交流，他们把诗稿发给我，由我发布在专栏里，我便就此在广州待了下来。

后来，直到 2006 年，我才第一次见到传说中的老板娘"枕头"，和贵妇相去甚远，是个其貌不扬的看起来很务实的小阿姨。也是这一年，她在广州开了一个依托于诗歌论坛的书店，书店的门面不大，啥书都卖，但特色是把市面上的诗歌出版物都尽量汇集起来，这吸引了不少诗歌爱好者和诗人。我的工作并不涉及书店的部分，我还是主要管理网络端，不过书店给我提供了一个很好的办公场所，我可以在书店里待着，不用天天窝在出租屋了。

现在已经不是 80 年代，诗歌界挺冷清的，但是如果能够看到传说中的名字还是令人心生激动。比如有一次，我就在书店里遇到了满头白发的多多，他那时应该在海南教书。他看到我在翻看一本北岛的诗集，便来与我说话，并向我推荐了他觉得不错的一些年轻诗人，我激动得说不出话来，只是认真地跟他，我的老诗人，握了个手。

书店给我带来了更多的好运，在这里我认识了我第一个女朋友小鱼，她来自湖北，还是个在广州读书的学生，热爱诗歌。我们在书架前相遇，聊天，之后一起在书店附近的路上走，待到半年以后，我们的关系已经进展到可以一起出去旅行的程度。那时她刚好暑假，我的工作也并不需要坐班，所以我们打算到云南去玩，先是昆明，之后是大理。在大理古城的一个饭店里，我们吃下了一锅令我们有些晕乎的蘑菇汤，又移到饭店里卖酒的吧台前聊天。我处理了论坛后台里的几个请求，小鱼开始玩我的电脑。

过了一会儿，她打开了一个网页给我看，说是之前在查电影资料的时候发现的（她是学影视编导的），那是国内一个著名的电影网站叫互联影库，但是这个人的电影博客上没有一篇影评，全是诗。博客的模板是纯黑色，字是灰白，像幽幽的磷火。我们在那个小饭店里，对着电脑，于蘑菇汤的余韵中研看着那些句子。

我得说，我很久没有看到让我这么激动的句子了，它们有着不同寻常的质地，不同于我之前看到的任何一种。不像是中国人写的，像是一个外国人，但也说不清是哪国（那就还是我们未曾发现的一个中国），陌生感很强，是新东西。明明写的是中文，却与我们理解的中文之间有深深的鸿沟，仿佛是另一种语言。

他的用户名是短短的三个字母"ZXT"，我不知道他是谁，确认之前也没有看到过这样的风格。要知道，我维护着一个诗歌论坛，天天还在撸其他诗歌论坛，日常待在一个诗歌书店，这些年来我涉猎了各种风格的中文诗歌。我有些激动，可也不知道如何是好，喝了点酒以后，我站在了椅子上，为大家读了其中一首诗。饭店里的人们热烈地鼓掌，还有人弹吉他，但我知道他们并不明白这首诗好在哪里，他们只是为我的失态助威。

第二天清醒以后，我再次打开那个网页，确认了自己的判断，我并非因为蘑菇汤和酒精的作用才将它们误认为好诗的。我注册了那个网站，并在他的诗后面留言，邀请他来我们网站开一个专栏，之后的三个月里，没有人回复我。但他保持着定期地更新，我将他的诗作一首首单独收集了下来，在网站上给他建了个专栏，专栏是按姓名首字母排序的，所以他排在了最后。但由于不知道他是谁，简介一栏没有像别人那么丰富，只是简单写了个"诗人"。

我一直没有放弃过寻找 ZXT，网络并不是个完全可以隐身的地方，除非对方竭力隐瞒。一直以来，我有认识年轻诗人的习惯，不论他来自大学 BBS、西祠胡同、黑蓝、新青年、暗地病孩子，还是乐趣园里那些如灌木丛生般的小站点，我都能渐渐发现"他是谁"。站内信或者邮件发过去，十有八九还是有回应的，那时我们都做油印的小册子，虽然没有稿费，但逼格甚高，没人会拒绝这种发表。但 ZXT，我始终没有在这些地方找到。我跟几个熟悉朋友讨论 ZXT，他们断言，这可能是某个本来就写得很好的诗人的马甲，看来他希望做一个佩索阿式的诗人，让我不必在意了。

北京的网友马头跟我说，这个 ZXT 的某些诗在北京地区的大学 BBS 里出现过。我去找了，只找到了一两首，而且没有引起过大家的注意，很快就被淹没了。马头也说，ZXT 确实写得好，你以后要是联系上他了，记得介绍哥们儿也认识一下。我在我们自己论坛里像暗地里给病孩子"寻找杜马"那样，也发起了一个"寻找 ZXT"的活动，最后收集到了很多大家对他的赞誉。原来不少人都看过那个博客里的诗了。但活动过去了很久，ZXT 是谁还是没人知道。这事儿就这么搁下了,论坛里永远有新的天才出现,有些还是妙龄而无知的青春少女,这都比 ZXT 是谁吸引人,直到文学论坛都开始渐渐没落了,ZXT 还只是一个不回私信的 ID。

直到我去了上海。那几年我们书店的生意做得不错,拿到了一些资助之后,老板娘开始在全国的省会城市开店,意图"打造城市文化空间",虽然是扩张,但她步伐挺稳的,一般是一家店在一个城市存活了,才会开下一个。

离开广州的第一家店就定了上海,初期我便被派了过去,我年轻,也没结婚(女朋友那时毕业了,回武汉之后跟我分了手)。老板娘说让我支援一段时间再回来,我心里则觉得,回不回来真的无所谓了。工作内容挺多的,除了上海线下店里的事情要帮忙,还有书店自己的网站,全部是我在维护。除了新闻稿,我还需要拍摄一些当地的照片,然后安排广州的技术人员更新上去。我一门心思地扑在了这些事情上。

现在让我回想我人生中的关键时刻,我总是会想起那本我自己打印的 ZXT 的诗。去上海之前,我在广州的出租屋里收拾行李,背包空间有限,我在决定要带哪些书过去。本身我并没有打算带那本小册子,我想多拿几本没看完的小说,小册子我已经看得快会背了。但最后,鬼使神差的,第二天出门前,我还是把它抓在了手里，想的是，反正也不厚，多它一本不多。

　　我自己的一些书，还有这本小册子，后来被我码在了上海书店的自由阅览区。大概在我来上海后一个月，某个周六的晚上吧，有个漂亮的姑娘进了店里在自由阅览区晃荡，最后驻足在我那些书旁边。仿佛在找什么，又仿佛没有，这都不重要。重要的是，她真的很吸引人，简直美得刺眼。她的皮肤很白，裙子下面露出的小腿很细，那种白透亮到可以看到下面的血管，呈现出一种瓷器般的光泽，书店里的光照在她脸上，让人觉得她有些不似真人。等到她在那里站了有五分钟的样子，我鼓起勇气，走过去问，你是在找什么书吗。她把一本在看的书塞回去，抬头看我，眼睛闪烁着开口，声音很清脆，"啊，我随便看一看"。

　　这就是逐客了，没有人喜欢被店员打扰，不论是服装店还是书店。我不死心，继续说，这里都是旧的诗歌集，但是我们还有个新书区，那边诗歌更多。她说，是吗，在哪里。我把她带到堆放新诗集的地方。怎么说呢，这里的书，一大半是我选的。在广州店，这些不好卖的书并不陈列出来，也是因为上海店够大，才有了陈列的可能。

她开始翻看，我只好走开，站在远处找了个角度默默地观察她。她选了几本书在咖啡区靠窗的位置坐下来看，我过去送了一次酒水单，但她没有点。过了半个小时，她带了两本书去收银台结账，我跟过去，看到她拿了一本河北教育出版社的特朗斯特罗默和一册我自己油印的佩索阿的《牧羊人》。我跟她说，佩索阿这本是店里传阅的，不售卖，如果她想要，改天我再做一本送给她。她很大方，答应了，给了我一个MSN，我松了一口气。

　　晚上回家后我开电脑加了她，跟她搭话，她名字只有一个字儿，"鹿"，头像是一个卡通女孩的侧脸，有点像她。我知道了她叫王鹿，也翻遍了她的空间，她可真好看啊。她显然也明确知道自己的好看，空间里有自拍，也有聚会中跟别人的合影，我也看到了她自己的诗作，诗作的内容涉及了旅行、爱欲、火车、雨夜伯格曼和安东尼奥尼的电影……形式和节奏已经有了自己的特色。

　　我经常看到她在诗句的进展中停下来，开始重新写另一件事，后来直接忘记了前面的铺陈，但奇妙的音乐一般的感受又保证了诗作的整体性，这让我觉得惊异。句中的对于时间和经验的认识也让我明白，这绝不是一个简单的女生，她的灵魂是一个美丽的漩涡。

之后我回了趟广州——回去的目的是退租，我打算在上海待下来了。当时我毫不犹豫地做了这个极大地改变自己生活轨迹的决定，看起来非常的草率，而且我根本没有细想过原因。

后来，很多年过去，我回溯自己生活历程的时候进行了多方位的思考。我得说，做出这个举动的原因就是因为认识了王鹿，想要和她在一起——然而这个念头那时还只是一个潜意识，隐藏在我的脑中，暗暗将我向前推去。

在广州期间，我也没有放弃和她联系，她没有表现出不耐烦和拒绝，甚至还是有一些主动的。我认为她把握住了我的热切，我分享我喜欢的诗、小说和电影给她看，在电话里为她朗诵、歌唱，也给她展示《牧羊人》小册子的制作进度，以及我接下来会长期在上海的决定。

她什么都没有说，只是发出爽朗的笑声，或者用MSN发来一串"哈哈"。我觉得她能理解我的幽默，感受我的感受，我在意念里把这种感情往爱情上引导。

> 2. 爱火燎原

王鹿才上大二,学校在闵行大学城,是上海本地人。尽管闵行离书店很远,我还是把家安在了这边,为了离王鹿近一些。我没日没夜地跟王鹿聊天,为她写诗,等她放学了在学校外面等她,跟她一起去吃边上的大排档。王鹿不拒绝我的接近,也很享受我的热情,有一些瞬间,我怀疑她没有我这么热心,但这些瞬间很快被相处时我沸腾的荷尔蒙淹没。

某天一起走路的时候，我拉她的手，她没有拒绝，但后来在学校操场上，我试图吻她的时候她错开了脸。她说，这样太快了。好吧，那就慢下来。然而这实在是太难熬了，我想快速地了解她，我觉得自己之前错过了她的人生是无法弥补的遗憾，我被一种巨大的热切狠狠地抓住了，我不能够控制我自己。

每一次，在傍晚的路上，我和王鹿并肩走的时候，都激动得不能自已。我跟她背我写下的诗句，将她夸为世上少有，我只能够拉她的手，但我全部的注意力都在那只手上，我仿佛在用那只手跟她交欢。"因为只有这样才能触及你，因为拉住了你的手。"

每天晚上分离了以后，我给她写长长的信，有时一写一整夜。起初通过电子邮件，再后来我用笔把信誊写下来，折在信封里认真地送给她。我不知道我在写的都是些什么，有时我也被自己的热情吓到，恍惚着试图抽离，但是不行。

王鹿的背影很瘦削（胸和臀其实又很大，在农村人们会说这是好生养，这让她给予了我肉体和精神的双重冲击），走路有点晃，像小孩，楚楚可怜的样子，每一次闭上眼，她的影子就在我面前晃荡。

我填满了王鹿几乎所有的课余时间，她也就那么陪着我，有时我觉得不甚合理，半开玩笑地问，就没有别的人追你吗,他们都眼瞎了吗。王鹿说,你这么天天盯着我,别人都被吓跑了吧。再说,哪里还有人像你这样。我说,我怎么了。王鹿说,你是个神经病,像个高中生一样。我说,你勾引高中生,不觉得有负罪感吗?王鹿说,你看起来挺老实,怎么说话这么不要脸。我说,都是肺腑之言。王鹿不再说话。

就是那天,我在她要回宿舍的时候抱住了她。我浑身发抖,她把脸埋在我胸口,说,大江君,我很麻烦的,你可不要后悔。"大江君",后来再没有人这么叫我。这个称呼只有王鹿会用,但也不是每次都会用,她大多数时候还是直呼我本名的。每次她用的时候,我都会有一种被特别提醒了的感觉。

这是我们之间的秘密。在我们刚认识的时候,书店里有一本卖不掉的日本作家大江健三郎的《愁容童子》,封面上有大江的照片,而那张照片从眼镜、发型到神情都和那个时期的我出奇得像,大江健三郎就像是我老去后的样子。

这一点是王鹿发现的,她拿着书,半真半假地放在我面前笑,不得了啊,大江君。容貌肖似作家没有什么可以夸耀的,作家里帅哥少,大江也称不上俊俏(如果能选,我宁愿像三岛由纪夫或者芥川龙之介),但这却是只有我们之间才知道、才觉得是好玩的点,这让我心醉神迷。

那次拥抱之后又过了三天，是个礼拜五，王鹿留宿了我家。我将那天视之为我们恋爱关系的开始。我们几乎一晚上没怎么睡觉，但很显然，两个人都不觉得累。上午十一点左右，我出门买了菜，回来大展身手给王鹿做饭吃，王鹿只穿了内裤，外面罩一件我的T恤，站在我的书架前乱翻。我烧了辣椒炒肉、辣椒香干、油渣青菜和腊肉四季豆，王鹿吃得干干净净，说，你手艺真好。我说，一个人在外生活得久了，手艺不好不行。王鹿说，就是有点辣。我说，下次给你炒不辣的。又说，晚上我去书店值班，你跟我一起吧，王鹿说，好。

　　下午我们躲在家里看电影，到了傍晚，我们还吃不下饭。我出门买了些水果，我们拎着水果坐地铁进市区。我心里有一股抑制不住地开心，紧紧地揽着王鹿的腰，想告诉每个人，这是我女朋友，她是世界上最漂亮最有才华的女孩子。王鹿低着头，面色潮红，在地铁上依偎着我一言不发。

　　书店刚开始的时候，总要搞活动才能热得起来。我们书店在中山公园，现在每周末都有一到两场活动。一般周六是作家翻译家们的见面会，周日是跨界的艺术展或者小型演出。我照例要负责现场的素材采集，将它们发在我们书店的网站、论坛上。我工作的时候，王鹿就在书店待着，或者看书，或者在讲座里充人头——总有人气不高的作家需要这样的观众。

王鹿长得惹眼,常常被主持人挑中回答问题,一来二去,我的同事们都知道了她是我女朋友。年轻的热情总是不竭的,我对于王鹿的渴望也使我总觉得一切都还不够,我期望不断地,每时每刻地占有她。每当现场有人跟她搭讪的时候,我会像阴郁的杀手一样出现,宣示主权。她不在我视线范围的时候,我就要疯狂地找她,有时她的一根头发落在我手臂上,我也会注目良久。她人离开驻足的地方,香味停留在空气里的时刻,我也会站在那里深深地呼吸,我觉得自己像一个爱的渴求者,我因为缺爱快要被渴死了。而我的世界里,只有王鹿,她是一汪清泉。

我抓住一切机会和她做爱,书店下班后、书店开门前、书店所在商场的高层楼道、书店的库房都留下了我们身体的痕迹,我带着濒死的热情参与到她的身体、灵魂中,却觉得她越发不可捉摸。她也笑,也欢乐,也悦纳我,但我总觉得缺些什么。她仿佛是透明的,却又有一抹阴影,一抹混沌,我想抓住那是什么。她低头叹气的时候,她停下脚步突然落泪的时候,她一动不动发呆望着远方的时候,她发出欢乐的呻吟却要强自压抑的时候……我都能感觉到,我觉得自己快要爆炸了。

有时我想,为什么我只能进入她的身体那么多,我为什么不能变成她的一部分呢。为什么我不是她的手,她的脚,她的汗水,她的衣服,耳环,哪怕随手拿着的包,我把这些疯狂的念头在疯狂的时刻和她诉说,她说我对她太好,那一刻我觉得我明白她为什么这么说,第二天想想又重新陷入迷惘。

每个周末,我和王鹿,我们坐着地铁从闵行出来,我们经过莘庄、上海体育馆,换乘到达中山公园。这一路上,我像只欢快的鸽子,王鹿则像某种供我停歇的广场,她显得有些苍白,不稳,却又足以承载渺小的我。

这种快乐的、火焰般的日子总是快得吓人。有时从梦中醒来,几乎觉得已经和她过了一生,而这种时刻她常常又不在,让我心碎了又碎,直到她再次出现。是的,王鹿并不是所有晚上都过来过夜的,但只要她来,我们就一定会做爱。最少一次,一般是两次,我们尽量拖长时间,直到筋疲力尽。她不来的晚上也没有关系,我的住处有她的衣物,我会把她的胸罩和内裤蒙在脸上自慰,然后在她衣物的馨香和自我的腥气中睡去。我把这些告诉她,看她笑着骂我是变态,然后感到快乐。

那时,每个周日的下午,她要回一趟自己家。她是上海人,家在金山石化,离市区很远。那些晚上我们会用手机聊天,她给我拍她房间的照片,跟我讲她的爸爸妈妈。我们有时会文爱，文爱的间隙，会讨论我们能做到多少岁。她告诉我一定会很老还可以，比如现在，她的爸爸和妈妈去过夫妻生活了，他爸爸五十多岁了，仍旧乐此不疲。我听了哈哈大笑。然后她突然说，她爸爸还以为她是处女，但其实她早就不是了。我并非有处女情结的人，我也不甚在意她的过去，我很谨慎，从没有问过，仿佛过去不曾存在。所以每到这样的时候，我就会停下来，换个话题，让情绪继续欢乐和高昂下去。

但其实被那时的我忽略掉的是，我并不善于从和王鹿的聊天中把握她的情绪，那时我总是更在意自己的情绪，也许那就是她在给我推门进来的机会，我可以接着深入那些深水区，了解她的过去，但我错失了。

我只知道我的心挂在她身上，我一直没有去过金山，她没答应我去。我经常想象那里，想象那里有一片海滩，王鹿家就住在海滩边上的厂里，是那种老式的家属楼。想她小时候站在海滩上，就这么长大，却又这么白，简直不可能嘛。这么想想，我自己笑笑，把这个玩笑开给她，她骂我神经病。我跟她说，你以后要嫁给我，我就得上门了。她说，那总得等我毕业，不然我爸妈可能接受不了。我说，真想和你天天待在一起。王鹿说，你不觉得腻吗？我说，永远也不会腻的。王鹿没有回我。

等我们将自己的家庭社会关系互相交代得差不多的时候，王鹿自然而然地和我说起了她的一个从小长大的朋友，她叫他大熊，他们俩合在一起，就是小鹿大熊。我起初很警惕大熊这个人物，但王鹿倒也坦然，直接把她和大熊的聊天记录给我看，说，"我和大熊在彼此面前是没有性别的。"我翻看了一番，确定大熊不但没有威胁，而且也正在另一段恋爱关系中时，就放弃了对这个人物的在意。后来我意识到，大熊是王鹿除了她爸爸妈妈之外，给我介绍的唯一一个社会关系了。

王鹿会说起一些她和大熊小时候的事儿。大熊和王鹿一样，是石化里的子弟，不过比王鹿小一些。他长得胖而高大，却性情温柔，会被厉害的女生欺负，这种时候，反而是王鹿出面维护他。但是晚上放学走夜路的时候，大熊的体格就会很管用，他站在王鹿边上，吓退过不少小流氓。

在我听起来，其实大熊的故事有些无聊，我也没有弄明白为什么王鹿要讲给我。事实上王鹿除了写诗之外，并不常会讲一些有趣的东西，我渐渐也已经习惯，将生活在我身边的王鹿与写诗的王鹿分开看待。

王鹿给我看过她为大熊写的诗，我能够看出其中少年的情谊，我将这首叫大熊的诗和王鹿的其他诗编在一起，贴在了论坛上。那时论坛已经很不火爆，但这批诗得到了剩下的那些资深诗友们的一致赞扬。我是用我自己的 ID 发的，标题注明是一个朋友的诗，作者按照王鹿的意见，写成 Deer。

有人说，这是不是小药（我的 ID）自己写的，假托朋友啊，但马上有人不客气地说，小药没有这个水平。我看得哈哈笑，我一点也不在意别人抬高王鹿贬低我——我真心觉得，这是她应得的。我把帖子的链接给王鹿看，她红着脸说，你有你的好，他们不懂。

我们在一起，也曾有过不快。起因是，王鹿觉得我菜烧得好，想跟我学。因为我总是要上班的，但她那时已经大三下学期，没课的时候多，她想给我烧饭，让我从书店回来就可以吃。我培训演示了几次，自我感觉已经说得很细，但不想王鹿仍旧不得其法，且坚持不让我插手。我晚上 7 点进门，等到 10 点方才吃上菜，菜咸得无法下咽，然后她还发现自己忘了烧饭。于是菜凉了以后，我在 11 点吃上了白米饭。我没有说什么，但王鹿非常沮丧，我安慰她，心里觉得感动，觉得这是她对我好。

王鹿那晚始终无法释怀，因为我抑制不住，总要半夜起来喝水。她知道我被齁到，我很快翻篇，王鹿仍旧过不去。到了那个周末，她拉着我去大卖场，要采购高压锅，说高压锅烧菜会快些。家里确实没有高压锅，我答应了。

大卖场不远，我们骑了个自行车去，顺便还买了些别的。回来的时候，我车筐里放了更多杂物，只好把高压锅放在她车筐里。我寻思龙头太重，就嘱咐她，我们索性推车回家。推了一段，过一个马路口的时候，王鹿突然跃跃欲试地要骑上，并念叨着，我试试我试试。然而刚过路口，她车头一歪，把高压锅摔在了地上。

我们为了方便带，是把锅外面的包装都拆了的，这个路口又有些坡度，只见那个锅一路滚出好远。我一下子没忍住，说了一句，跟你说你不要骑的。可能声音高了些，但我没有停在原地，马上去追锅了，等我追回来，王鹿站在原地掉眼泪。我怎么拉她也不走，就是哭，也不说话。我问，你怎么了，你想怎么样。王鹿不说话，我们僵持了很久，看到旁边经过的人都在看我们。我不知道她何以至此，一时心头火起，拿起高压锅盖砸在自己头上，边砸边说，你究竟要怎么样。王鹿紧紧拉住我的手，哭着说，走。回去之后，我额头上已经青肿，王鹿哭着骂我是个傻逼。我说，只有你才能把我气成这样。之后我们抱头痛哭，最后我求她不要再做饭了。她答应了，那晚我们出去吃了一顿火锅。

现在回想那些日子，像这样的生活片段并不多，多的都是在做爱，这让我有些难以启齿："事实就是如此，只要可能我和王鹿就在做爱。"王鹿从不拒绝我，有时即使疲惫，也勉力支持。但最终去医院的却不是她。

又是一个常见的、疯狂的夜晚之后，我浑身酸痛，但却暂时也没有其他症状。到了下午，越发觉得身体沉重得厉害，王鹿只好带着我去附近的地段医院，我支吾着和医生说，也不知道是不是感冒了。那个女医生拿着我验完血的单子，一言不发地给我开药，开完之后看看我和王鹿说，"年轻人，以后节制一点，检点一点。"

我和王鹿错愕着出门，然后在走廊里哈哈大笑：她是怎么看出来的？我是说，说到底我无非是过于疲累导致的病毒性感冒，但那个女医生仿佛直觉一般感觉到了我们身上洋溢的荷尔蒙，毅然将我的病因判别为"纵欲过度"。如此，那种喷薄的荷尔蒙力量可想而知。

我清晰地记得，那天从医院回到家，我吃完药，整个人仍旧滚烫的时候，王鹿坐在我上面，我们做爱两次。我记得王鹿低着头问我，你怕不怕死。我说，不怕，不怕。我觉得那时我如果就那么死了，似乎也是个不错的选择。

3. 梦醒时分

王鹿到大四上学期的时候变忙了,有时一周也见不了一次面,有时我甚至觉得她不在上海,我问她去哪儿了,她说她去面过浙江的一些工作,说反正金山离杭州也不远。我说了希望她还是想办法把工作定在上海,她说,那当然。

王鹿学的是法律,找工作容易,找好单位却难,等到过年期间,她仍旧没有个明确的去向。我也留心着书店的内部工作岗位,寻思着不行的话给她内推一个,但书店的工资不高,她学校那么好,我总觉得有些亏。我们带着这样的念头,各自回家过年。我回长沙,她回金山。

大年初二,我和几个同学在喝酒的时候,还在跟王鹿聊天,跟她说,明年来长沙玩,介绍你认识他们,我的心思是,明年她毕业了,我就带她回来见父母,然后我想办法去她家提亲,上海姑娘不好娶,我得好好筹划一下,然而,不等我筹划完成,就在大年初二晚上,王鹿突然跟我发消息,说想跟我分手。

我疯了。我给她电话,她不接。我发消息问她原因,她不说。她只是问,你什么时候回上海,我去你家拿个我的东西,我要离开上海了。我说,你这是要去哪儿?她说,去哪儿跟你无关。整个年,我像失魂落魄的丧家犬,再无任何心思吃喝。

我竭力掩饰,不想让父母朋友看出,等到初七回沪上班,我约了王鹿出来见面。王鹿是学生,放假时间长。她背着一个空背包,从金山家里到我闵行的住处,风尘仆仆,表情严肃,仿佛换了一个人。她的眼神冰冷,不像之前那么复杂和迷惘,而是透着坚定,我突然觉得自己像不认识她一样。她收拾东西,我大哭着抱着她的腿求她不要走,她冷静极了,仿佛丝毫也不会被感染，只是冷冷地说，你还是个男人，这样有意思吗？我趁势把她推倒在床上，剥光她的衣服，挺进去，试图用身体的占有来改变这一切，她没有反抗，但是全程冷冷地看着我，我整个人崩溃，光着身子缩回到房角，号啕大哭。

最后，王鹿收拾完东西把钥匙丢在写字台上，背着包离去。

我第一个念头是自杀，我不想活了，真的不想活了，但我想了很久怎么死也没有想出来。我难受极了。一个人哭完，喝了半瓶葡萄酒——那还是王鹿之前剩下的，沉沉睡去。我跟书店申请了在家办公，打算接下来一段时间都待在家里，我给王鹿发去的消息，她也一条都没有回我。我不知道这样的日子什么时候是个头。我那一刻意识到，除了她提起过的爸、妈、大熊，我谁也不知道谁也不认识，而且大熊的联系方式我也没有。我一味关注着自己与她的情感连接，最终情感成空，而我也没有能够与她建立任何有效的社会关系。

我找不到她，如果她不理我的话，这情况放在多年后的我身上，这绝不可能出现，但那时我就是这么傻逼。我开始觉得她不好，不地道，我开始发消息谩骂她。我说，你对我连个普通朋友都不如吗？你对我没有感情了，那么连义气也没有了吗？要分手我不纠缠你，可以的，但是你要给我个说法，让我死得明白些。王鹿依旧没有回复。我打开她的豆瓣、MSN空间、博客，研究每一个联系人，研究每一条消息，我觉得每个人都像是抢走她的恶魔，但我都不认识。

一直过了两个礼拜。王鹿突然打来电话，电话里的声音仍旧冷冰冰的，她说，你到市区延安路的汉庭酒店来找我吧，我们再见一面，我明天要离开上海了。我想了想，说，好。她又说，你把你书店旧书区那本打印出来的ZXT的诗集带给我吧。我心里觉得奇怪，嘴上说，好，那别的诗集你还要吗？她说，别的不要了。

我从家里打车到了书店，虽然车费很贵，但我实在迫不及待地想见她，我翻出了那本我自己油印的ZXT的小册子。我和王鹿一起读过上面的诗，王鹿也很喜欢。等到了酒店，王鹿下来大堂接我上去，照面的时候，我觉得她的脸色比上次见我要缓和，我心里升起希望，在想她是不是要跟我复合。

进了房间，王鹿脱光了自己，然后又脱光了我，像之前那样亲吻我，挑逗我，然后我们做爱，可我仍旧悲伤，无法自持，很快败下阵来。她躺着不说话，直到我们睡过去，醒来，她接着过来跟我做。

三次之后，已经是凌晨。我们毫无睡意。她突然跟我说，ZXT，叫周晓天，是我的初恋。他回来找我了，我得去西藏找他，就是这么回事儿。我得谢谢你这些年的陪伴，但是我还是觉得我得去找他，一会儿的飞机，我现在就得走了。你自己睡吧，房卡你中午直接退掉就可以了。说完，王鹿有条不紊地穿好衣服，仿佛一架运作良好的机器，就此离去。我浑身发冷，头脑一片空白，出清的荷尔蒙让我无比清醒，起初瞪着眼睛，之后终于沉沉睡去。酒店提醒退房的电话叫醒了我，我慌忙起身，下楼离去。

我记得那天，上海阳光很好很好，照得地上都明晃晃的，明明是春天，却晃眼得像夏天。我还是觉得想哭，但是忍住了。我没有回家，而是直接去了书店，在书店的休息区，我在本子上给王鹿写诗，那是我最后一次为她写诗。王鹿从此在我的生活中消失了。

王鹿消失半年以后，我退掉闵行的房子搬到了书店附近。这边的房租贵一些，但好在我省掉了交通费。我每天步行上班，在书店看书专挑最厚的，以使自己能够沉浸其中，缓解悲伤。

那时我手边常放着的是《卡拉马佐夫兄弟》和《罗马帝国衰亡史》，但我的脑袋昏昏沉沉，看了前面忘记后面，经常回过头再翻，细想俄国人名字的区别，细想罗马的粮草如何运输到边境又是如何城破灭国。

有时看到书店下班,只剩我一个人,保洁的阿姨也要走,我只好说,我等下走,我最后关门,但等阿姨推门离去,关上大部分照明,我顿时又想起王鹿在的日子我们在书店里做的荒唐事,更觉得天苍野茫悲从中来。

她像个巨大的昏暗的影子罩在我身上,使我透不过气,陀思妥耶夫斯基和爱德华·吉本都无法战胜。我丢下书,隔着书店的玻璃向外看,边上是个健身房,这会儿,健康茁壮的男生和英姿飒爽的女生们正穿着紧身衣经过,每个人都那么快活,生机勃勃,只有我这副模样,有些瞬间我觉得自己一生都不会再幸福。

我恨王鹿,也因此讨厌西藏,甚至从收藏夹里删掉了周晓天那个博客的链接,但后来我又去把它找了回来,因为我希望说不定周晓天还会更新,如果王鹿和他一起生活,也许我能从诗作中找到她的痕迹(但始终没有)。

晚上,在家里的电脑前,我打开王鹿的豆瓣列表(那时已有豆瓣,各路文艺青年已经从论坛汇聚了过去),一个一个看她关注的人和粉丝,我猜测着每个人可能是谁,可又不知道我猜这些有什么意义,也不知道我在干什么。我是想挽回吗?可我做的这些和挽回有什么关系?我是想知道她为什么甩了我吗?我已经知道了啊。

王鹿在我身边的时候，我的注意力都在她身上，但从来没有这么强烈地想要了解她周围的一切，现在她走了，我像刚刚才知道她是怎样的一个人。我从旧家把王鹿剩下的一切都带过来了，现在它们躺在一个小箱子里，里面有一瓶用了一半的 Anna Sui 的香水，一双忘记带走的 Vans 的球鞋，她在我的本子上手写的诗，她的一件因为留了血渍再也不穿的衬衫（当时让我扔我忘记扔了），她留在枕巾上的几根头发（我把它们用皮筋儿捆起来放在了一个针线包里，针线包是王鹿和我一起在卖场买的，是为了给我缝扣子）。别的东西她都带走了。

这些东西仍旧无法安慰我，我在各种 SNS 网站上搜她的名字，搜她的学校，电话号码，搜大熊的名字，搜她邮箱的用户名，尽管我什么也没有找到，但这样的行为，持续了两年才逐步减少。我能够确认的是，王鹿在我身上留下了不可磨灭的印记，她像是一个黑洞，一个深渊，我身处其中，燃起一盏鲸油灯苟延残喘，从未想过可以被救赎。

很长一段时间里我无法对别的女生心动，我也不知道我要不要继续在上海，我在想如果实在难过，要么我还是申请调回广州的好，闲聊时我和上海的店长说起此事，他表示这边目前还少不了我，如果实在要走,给他时间招人,我未置可否。

王鹿走后两个月的时候,我锁定了她豆瓣关注列表里的一个ID叫blackbird的,应该是个男人。这个男人活跃在王鹿出现的每一个小组里,也发诗歌,也会点评王鹿的作品,他和王鹿显然是很熟悉的,但王鹿竟然没有和我提起过他,我觉得也许他们是故意把我排除在外。而且,我看到他居然整理过一些周晓天的诗放在小组的置顶帖里,可以确定他也许认识周晓天,也许知道些什么(豆瓣的小组是一个搜索引擎搜索不到的地方,怪不得我之前对ZXT的寻觅毫无结果)。

一天深夜,我终于忍不住,给blackbird发了条豆邮,我没有在豆邮里说什么,只是表示很喜欢他的诗,要不要认识一下——他的诗不错,透过文字能看到一个温和的人,这种温和也许损害了他诗歌的力量,但也让它们显得更澄澈、亲切。我要在很多年以后才能理解这种诗歌和诗人的好。

第二天中午,我猜测是他起床之后,他回复了我。

他感谢我对他诗歌的赞许,然后表示他也看了我在豆瓣上贴过的作品,但他没有点评,只是留下了一个电话号码，并附带了一个笑脸。据说豆瓣上互发豆邮多数都是男女约炮，像我们这样两个男人眉来眼去又不搞基，应该是不多的吧？——但要不是出于无奈，我又怎么会做这样的事情？我马上给他发短信，聊了起来，他说叫张翔，我也报上我的大号，和他寒暄，主动约他见面，他知道我在白马书店上班以后，说可以下班到书店来坐坐，我表示了欢迎，跟他说了一下我当天的衣着特征。

晚上七点多，我在咖啡区帮一个客人榨果汁的时候，一个微胖的、戴眼镜的中年男子走过来朝我笑，我说，啊，是张老师吧？他点点头，说，一眼就认出你了。我说，等我做完这杯饮料吧，他说，好的，我先自己逛逛。

待到我忙好，跟他在靠窗的两人位坐下，才有机会仔细打量他，他年龄应该比我大，显得很疲倦，穿着职业装，显然是刚下班，他的包丢在脚边的地上，看起来确实不太像我以前在广州认识的那些诗人——其实广州的诗人也不像诗人，不少像生意人，而张翔看起来就是个普通上海上班族。他说，我还是第一次跟男网友见面。声音很清亮，语气带一些玩世不恭。我说，其实我也是。他说，你在上海多久了？我说，没多久，两年吧。他笑着说，起初收到豆邮还以为是个女生，翻翻你豆瓣内容才发现是个男的。我说，怎么样，是不是有点失望。他笑着说，失望也不至于，能交流一下真的也挺好，你诗写得不错啊，而且居然没有在我们小组里发过，我之前还总跟朋友说都是我们在写，很久没有见过新面孔了。我说，我也写了很多年了，之前主要在论坛里发作品的，豆瓣上的不多，不过其实我有个朋友在你们组里发过东西的。他问，是谁呀？我说，ID叫"Deer"的那个。他说，噢，那个女生啊，我知道的，那是个上海小姑娘。

我心里一阵猛跳，也没忘记去看张翔，他很淡定，并没有什么异常。我说，你觉得她写得怎么样？他说，确实还行吧，不过写得也不多，而且消失很久了啊。我有些紧张，想问的话实在有些问不出来，低头看，才发现自己已经把餐巾纸撕成了一堆碎屑。

我只好转移话题，问，你的名字，ID，是因为史蒂文斯吧。他说，是啊，很明显的嘛。"二十座雪山间，唯一移动之物，是那黑鸟的眼。"大家都是看着这些西方诗人过来的，年轻时我就用了，后来也懒得改，朋友们都叫习惯了。我说，刚好跟你的名字也契合，黑鸟，张翔。他笑着说，对啊，你姓姚，不也叫小药吗？

之后我们又聊了些有的没的，他便起身离开了。我想也许是为了表示善意和支持，他临走的时候，花钱买了三本书，两新一旧，旧的那本是储安平的《英人法人中国人》。

等到晚上回了家,我在床上躺着的时候,心里反复了很久,终于忍不住又给张翔发短信说,张老师,其实王鹿是我之前的女朋友,但刚刚分手,她跟我说是去西藏了,去找周晓天了。我看你也发过周晓天的诗,我想也许你们认识。张翔马上回了一串省略号过来,然后又说"我就知道"。

之后他马上打了个电话给我,也没有寒暄马上就冲我来了一句,你这个小伙子,你不早说。我瞬间有些哽咽,只是唯唯道,我当面实在没有勇气开口讲。

张翔在那边叹气,说,你很难过对吧?我说,是啊,之前在一起很久,都好好的,没有预兆就分手了,还这么霹雳,说去什么西藏。张翔说,这个事情很复杂,我觉得王鹿这边,你就别抱什么幻想了,今天太晚了,回头我们约个时间再面谈吧。我说,是吗,王鹿和周晓天到底什么关系啊。张翔说,你振作一点,毕竟是男生,拿得起也要放得下。他看我不说话,又叹了口气,停顿了一会儿,接着用沉重而诚恳的语气跟我说,你这么一个人在上海也不容易吧,又喜欢写诗,这也不是个有效益的事情,你不能让自己沉浸在这种情绪里,生活每天都在剥夺很多,我们没有这个资格的。我说,谢谢你,谢谢你和我说这些。他说,你早点睡吧,好好再找个女朋友。

大约又过了一个礼拜的样子,张翔请我在宛平路的一家猪肚鸡火锅吃饭。火锅店闹哄哄的,他没和我多说什么,并且早早抢着把单买了,完了带我在小马路上晃荡着聊天。

他说,周晓天其实是我的朋友,而且差不多算是最好的朋友了。但是为什么要说差不多呢,是因为他欠了我一大笔钱,然后人间蒸发了。但其实呢,也并不是找不到,是我不想再追究了,毕竟找他的人多了去了。王鹿呢,据我的观察,肯定是掉在周晓天这个沟里了,一时半会儿,我觉得她自己也出不来,你搭进去就更没意义。因为这些事情已经持续了很多年,你想王鹿和周晓天认识的时候,还是个高中生啊,人青春期喜欢的东西,那是会喜欢一辈子的,你比不了。但王鹿和周晓天的事情呢,我其实也不看好,大概王鹿只能自己去走一遭了。

他说的每个字都像滚雷在我脑中经过,我不知道该回应什么。只是木木地停下了脚步。他接着说,还是那句话,在上海生活不容易的,你要安顿好自己的生活,忘记王鹿往前走。不过不要放弃写诗。

我说,写诗不会放弃的,这个已经是习惯了。他说,我希望你们过得好,每个像你这样的年轻人,我们的社会给你们留的空隙不多,等你到我这个岁数再知道就晚了,你要加油啊。我说,谢谢你跟我说这些话。他说，别谢，我也就是说说，也帮不上你什么忙。之后我们分头离去。后来我总想着要回请他一次，但他好像工作很忙，电话过去常常人在外地，总是在飞行。于是只好要来他的地址，在一些新的诗集出来的时候，我会挑一些好的寄给他。

到了王鹿走后一年多的样子，有次店里来了两个年轻女生，她们来查一本偏门的学术书，不知为何那天店里的搜索系统坏了，店长只好叫来我人肉帮她们一起找。

我毕竟在店里泡得久了，很快就完成了任务，两个女生感激不尽，说跑了三个书店了，都没买到，于是就和她们顺势聊了几句，得知她们都是附近一个学校的研究生。两个女生都算得上好看，打扮素净，气质也温和，但说真的，这样的事情在店里遇到的也很多。

本以为就此过去算了，不料其中一人到了下个周末又来了店里，于是只好和她打招呼。收银的小树八卦而敏感，马上暗自过来找我，说，这个妹子又来，是不是看上你了。我说，别瞎说了，人家学校就在边上，来买书的吧。小树说，你和王鹿分了这么久，还忘不了啊？我说，忘不了又如何。小树说，过去要个联系方式吧,往前走,给自己一个机会。我平时和小树来往不多,不常听他说什么,或者说,过去他说啥我也没听进去过,但也许是今天天气还不错,我接受了他的建议,我过去和那个女生搭讪,没多说什么,就直接递了名片。

女生叫蔡冰,今年才研一,晚上她发短信给我,是一个笑脸,我约了她晚上书店下班后一起吃点东西,她答应了。

蔡冰长得不讨厌,看起来很笃定,个子也没有王鹿高,戴着眼镜,更瘦一些,我们约在附近的一个西餐厅吃比萨。我话不多,她也不觉得无聊,两人的胃口都挺好的,简单地交谈了几句之后,我们两个人吃完了两个薄脆的比萨,再加上饮料和鸡翅。其实我感觉到可能我们都吃多了,于是索性点了出来,蔡冰坐在那里笑,说,这家比萨蛮好吃的,不知不觉就吃完了,我吃了好多,我觉得好丢脸啊。我说,不丢脸,吃得开心就好。

吃完后,我们沿着街走,一路走到了蔡冰的学校。蔡冰说,这会儿正好到操场去走走,我答应了,说正好还没去过。操场很大,很风凉,灯光昏暗,绕着跑道走的人称得上密密麻麻,不仅有学生,显然还有不少附近的居民。我和蔡冰慢慢地在操场最外圈晃,和那些疾走的老人保持着距离。这里闹哄哄的,人又多，但不知不觉，我有了一种认识她很久的错觉，因为我又想起了王鹿，想起和王鹿一起在她们学校里走的时候。我感到了一阵明确的心痛，边上这个有些瘦弱的姑娘也沉默着，但明显能看出还是蛮开心的，可我呢？我不知道自己在想什么。

  我觉得有些对不起她，对不起她陪我晚饭，陪我这么散步，我觉得自己似乎没有力量把跟王鹿做过的事情和她再做一遍了。我沉浸在自己的忧愁里，蔡冰跟着我，有时偶尔跟我介绍下操场边上的建筑，哪个是她的宿舍楼，哪个是食堂，哪个是教室，我点着头，不置可否。走了几圈以后，我叹了口气，突然拉住了蔡冰的手，蔡冰抖了一下，没有拒绝。

  我不知道自己在做什么，我后来想，那更像是我在求救。

(4. 旧欢如梦)

那天，我把蔡冰送到她寝室楼下，自己离开了。

第二天，我继续约蔡冰晚饭，这次，我把她带回了我的住处。在沙发上看电影的时候，我扭过去吻她，她没有拒绝。吻完她告诉我，这是她的初吻。

我一下子愣住了，这怎么可能。但我看看她，突然发现她在哭。又一下子明白她说的是真的。我没敢再有进一步动作,当晚把她送回了寝室楼下。

之后我回到家,也没有开灯,只是开了窗户一个人靠在窗口抽烟。从小,我的眼睛不好,在光下待一会儿,我的眼睛就会受不了,进而人也开始紧张,不适,只有这样的黑暗才能让我放松下来。这样的习惯养成之后,也许逐步影响了我的性格,使我变得悲观而冷静。我在一片昏暗的天光中想着刚才蔡冰流泪的脸,但瞬间又想起王鹿,我感到我的心里面除了难过,还有一股不知从何而来的恐惧,像一头巨兽,它以自己的方式温柔地拍打我,每一次都让我濒临崩溃。

我像个负伤的狮子一样咬住了蔡冰。这之后一个礼拜,我夺去了她的处女之身。

我觉得我冷酷极了,她仍旧只是哭,她抱着我,说她爱我。我在心里说,一个礼拜,你开什么玩笑。蔡冰和王鹿的差别实在太大了,大到无法比较。简单地说,蔡冰是一个完全不会恋爱的人。我并不具备很强的认识能力和总结能力,我在恋爱时所做的决定也是一塌糊涂,但经过王鹿,我明白了爱一个人的感受是怎样的,那是撒不了谎的。

我对蔡冰没有对王鹿的那种热情,但我希望蔡冰对我能有,我觉得我需要这个,也许这不对,但我真的需要。可我在蔡冰身上没有得到这些——类似我给王鹿的那种爱。蔡冰糊里糊涂地把一切交给我，但是她并不知道自己怎么了，她还是很平常地过着自己的日子——不过有了个男朋友，她把第一次和她一起去书店的室友介绍给了我，我现在知道她叫吴青青了。吴青青是那种大惊小怪的女青年，对于我和蔡冰在一起，显得比我们还要激动，在她的感染下，我看到蔡冰第一次红了脸。

蔡冰的生活和我完全不一样，乍看起来，仿佛没有什么事情是重要的。也许是因为聪明，也许是因为一贯成绩很好，她应付一切都有一种轻而易举的淡然，渐渐我明白那是一种自信。她对我同样有这种自信，她觉得她抓住我了，这让我有些恼怒。

她说话不好听，很直，交往一个月的时候，她直接说，觉得我在书店的工作没有前途，收入也低，建议我趁年轻换个"正经工作"。我很愤怒，我第一个反应是，王鹿从来没有这么说过我，你一个不挣钱的学生，凭什么这么说我？我回击道，你看不起我为什么在书店里要理我，还跟我吃饭？蔡冰不会吵架，听到这种话，直接扭头走开。我会气很久，连着一个礼拜不理她。

我不知道她有没有意识到我生气了，她也一个礼拜没理我，然后在我以为要这么拗断的时候，她又发短信来问，晚上要不要去吃比萨？我明白这是橄榄枝,就又去见她,然后晚上一起睡觉,不再提那个不开心的话题。但是,过不了多久,她会弄出别的事情来。某天她突然表示,觉得我太灰色人生观,不积极,看问题很负面,她建议我乐观一些,不要总是阴沉沉的,"人生就应该开开心心"。

这再次触怒了我,我觉得她没事儿找事儿,直接说,开开心心,那就是猪啊。她不说话,我再次拂袖而去。这样的事情一再发生,之后伴以时间长短不一的冷战,渐渐使我觉得,我和她并不合拍。然而我也离不开她,经历过一次分手,我觉得我经不起这种失去,再不好,再难搞,蔡冰现在也是我的。我不想放弃她。

我平静的时候也能意识到,蔡冰的情况是其来有自,她从小到大,就没遇到过什么坎儿。作为上海人,小学、中学、大学都在上海度过,一切有迹可循,我从不知道人可以这么顺利而幸福。某种程度上说,是我配不上她,我太复杂了,可她竟莫名遇到了我,一个心事重重的外地男青年,不知身上哪块地方吸引了她——我仍旧不明确,我觉得蔡冰其实并没有那么喜欢我,她只是刚好碰见了我。她对我并无激烈的感情,日常还诸多挑剔,除了觉得我工作不好,人太消极,她还嫌我容易激动、轻浮、情商低、太爱吃辣(她不吃)、对她室友态度不好、欲望太强……

她挑剔了很多，但并没有要走的意思。

　　她竟就这么一直留在我身边。我也在心里立了个誓，她不走我就不赶她走，王鹿对我没有义气，那我对这个姑娘要有。我没有遵她的吩咐换工作，但是在书店内部还是下了些上进的功夫，等到蔡冰研三毕业那年，我已经是上海店的店长了。那一年，我们已经在计划着见家长了，蔡冰说，放心，我父母会喜欢你的。

　　可就在我准备上蔡家门的前一个礼拜，王鹿给我的邮箱发了一封邮件。

　　算算时间，离王鹿跟我分手已经过去了三年多，我曾有过期盼她回头的时候，而且那种念头曾经非常强烈。她的脸和身形像挥之不去的梦魇，有时在路上遇到一个侧面像她的人，我会盯着人家看很久，直到确认不是她（也不可能是）。她说话的声音会在很安静的时候突然响彻在我的颅内，她身上的味道，肌肤的触感……那些隐秘的，不为人知的细节更是在梦魂中反复缠绕着我。

　　有时我自怨自艾，觉得自己像一堆被她烧完的灰烬，我做梦梦到过无数次她来找我，然而她没有。我其实已经认定，她不会回来了。我觉得自己是个残缺的人，终将残缺着度过余生。

　　可现在她居然回来了，在我以为自己可以彻底放下她的时候，我伤心而恼怒。

我不能否认的是，我一直不觉得蔡冰和我的感情浓度有超过我跟王鹿，可以说不仅没有超过，而且差得很远。蔡冰对我做的实际付出其实挺多的，我都看在眼里，但是她感情上总是一副不咸不淡的样子，这种态度使我总是心有不满，可又挑不出什么毛病。

记得一次吵架崩溃之后，我吼过蔡冰，我说，亲密关系不是这样的！蔡冰哭着说，我不知道还能怎么亲密，你已经是我最亲密的人了。我呆立当场，又只能抱住她拼命安慰——除去这样少见的感情爆发的时刻，蔡冰一如既往的平静平淡，她总是很难像我这样，沉浸在某种情绪里不可自拔。

王鹿的信写得很拙劣，拙劣到让我觉得我三年前对她的爱就像一个笑话。里面提起的说法非常荒唐，使我觉得人与人之间的关系，都他妈是胡扯。

她仿佛忘记了、或者说压根就没有意识到她起初那么跟我分手的处理有多么不妥，我有多么伤心，她根本就没有提这件事，也没有什么歉意。她就像昨天还跟我刚说过话那样，就告诉我，她离开上海到了拉萨，见到周晓天，就跟他一起生活。周晓天和人合伙包了一间民宿客栈，她就在客栈里帮忙，她有没有投钱没有说，只说因为这个，她家里也不是很开心。

我心想，能开心才有鬼，上海家庭，自己大学毕业的独女放下大好前程,莫名其妙跑到拉萨当一个民宿老板娘,爷娘不要哭死啊。

但我又隐隐有些佩服王鹿,她真的是与众不同,比我要勇敢得多。我虽然也喜欢诗歌,貌似文艺,辗转两个城市,却实在是个胆小之人,每一步都还是谋定而后动的,从未有过这么冲动的经历。

她和周晓天应该是有过一些快乐的日子的,但她一笔略过,只是说客栈生意不好,渐渐有些开不下去,然后周晓天开始在一个博彩网站上赌球,起初颇赚到了一些钱,而且有十五万,她把这个数字写出来了——然后就是急转直下,之后就一直输,直到输光了那十五万。她开始问家里要钱来补贴周晓天,周晓天还因为欠了不知道谁的钱,被人拿着刀追,别人还把客栈都砸掉了。其中她回来过上海,是探望祖母的病情,而且其实动过向我借钱的念头,但最终还是她父母给了钱,没有找我开口。

到了今年,周晓天输光了最后的钱,决定离开拉萨回武汉老家,她祖母过世,她要回来奔丧,打算借此跟周晓天彻底分手。所以,她希望见见我,如果我不想见她,也可以就这样写信,大家聊一聊。然后她把自己发邮件的那个QQ邮箱用户名和密码都给了我,并说,之后她不会再发邮件给我,而是会把信以草稿的形式放在这个邮箱里,我直接在里面看就好,如果想回复,直接在里面存草稿。邮箱的用户名是我和她的名字的拼音,中间是一个 love,密码是我们认识的日子。

我试图给王鹿写信,写了删删了写,最后彻底放弃,只是回复说,让我缓一缓,然后约时间见面吧。

我上门见蔡冰父母的历程算不上多顺利,蔡冰在和我交往期间,对于自己家里的情况说得不多,她不像王鹿那么坦然,早早将父母的情况跟我说得一清二楚,我只知道蔡冰的父亲早年也是在公司里上班的,但现在自己"做点生意",母亲没有工作。之前我并未多想,等到了她位于杨浦的家,我才意识到,她家境在上海算不上好,和她父母在外面吃了一顿饭,之后又去她家简单坐了坐,我有些明白为什么蔡冰是这么一个性格了。

她父母的话都很少,简单问了问我家里的情况,不是很热情,但是很得体,没有让我觉得被冒犯,还说女儿的事情女儿做主,他们希望我们好好相处。能够看出,蔡冰父母的文化程度都不高,女儿读书读得好,主见也比较强,他们相当尊重这个女儿,但尊重中又夹杂着冷漠,总让我觉得这里面有什么隐情,可又不好意思多问什么。而且那段时间,我的脑袋里全是突然回来找我的王鹿,我尽力克制着自己的情绪,不让自己看起来失常——我知道,一遇到和王鹿有关的事情，我就会失常，我的外面的那层薄薄的壳会被敲碎，我对于蔡冰的不满会溢出并被强化，直到造成一个无法挽回的结果。

我不希望这样的事情发生。蔡冰对这一切毫无察觉，仍旧那么没心没肺地活着，她那会儿已经在和我商量着将来一起供房子什么的了，而且她还是那么耿直，动不动就跟我冷战。我去见王鹿的那天晚上，我和蔡冰还因为周末去哪儿吃饭闹了不开心。所以我去见王鹿的时候，还带着一种破罐破摔的心情。

我在美罗城门口的人群里四下张望的时候，王鹿突然出现在了我旁边，她叫了我一声，大江君。

我心跳漏了一拍，眼眶一热，几乎要掉下泪来。我转身看她，她黑了。我说，高原的紫外线真是名不虚传。王鹿抬腿踢了我一脚，哪壶不开提哪壶。

我们在二楼的斗牛士面对面坐下。我不知道说什么好，只是问，拉萨好玩吗？有什么特别的吗？王鹿说，拉萨就是个普通城市啊，其实对我来说，在哪里都一样，和上海也一样。

拉萨那两年总让人觉得是个朝圣的、洗涤心灵的地方，各种文章里都这么说，文艺作品，文艺青年，转山磕头，布达拉宫，怎么能和上海一样呢？我不死心追问，王鹿一脸厌倦地回应，还是这两句话。我又问，那你和周晓天，算是彻底分了？她说，是的。我说，你为什么还要联系我？王鹿奇怪地看着我说，我不联系你联系谁？我也没什么别的朋友了。

我奇怪地问，你还把我当朋友吗？王鹿说，不然呢？我有点气恼，说，你当初就那么走了，你把我当什么？王鹿说，我当时也只能那样啊。一是我觉得当时那个客栈的生意，确实是个不错的机会，拉萨刚开始有客栈，旅游的人又多，我觉得确实是个机会。二是周晓天那时也需要帮助，他过得不好。我说，你想过我吗？我就不需要你了吗？王鹿说，你那么稳当，什么都能搞定的，你看，你现在不是蛮好的。

我就这么被她理直气壮地噎住，不知道说什么好。她看看我，又说，不过我和他现在是彻底完了，我打算在上海找工作了，你闲了也帮我留意下吧？我自己也在投简历了。我说，你确定你和他完了？他现在什么情况呢？王鹿说，他现在自己回武汉去找工作了，拉萨的客栈他已经退出了。他还有个娃，别这么看我，不是我生的，他前妻生的，之前一直是他父母带着，现在娃也大了，要读书了，他得回去了。

我黯然，一股陌生感从我心中升起，我不再说话。

吃完饭出来，我们顺着天钥桥路往天平路衡山路方向走，晃到衡山电影院附近，我们又决定去徐家汇公园坐坐，回头过马路，王鹿主动伸手过来拉我。

我心跳得厉害，但没有甩开她，我们穿过一片凉亭，在徐家汇公园的水池边坐下，池子里有天鹅，不远处是一群中年人在跳拉丁舞，我把王鹿的手放开，自己靠在柱子上。

王鹿说，你现在还是一个人吗？我说，不是了，我可能快结婚了。王鹿惊叫，啊，这么快。我心里一阵冷笑，说，三年了，我不能谈恋爱吗？王鹿不说话。过了一会儿她说，你现在是不是过得很好。我说，是的，过得很好。王鹿说，是我打扰你了。我说，那你也不用这么说，是你要分手的（我心里补了一句，而且分得那么狠）。王鹿说，那以后经常出来吃吃饭吧，我也没有别的朋友了。我说，大熊呢？王鹿说，大熊，哈哈，还是那样啊，可能也要结婚了吧。我说，好吧。又说，我们走吧，我得回去了。

那天晚上回去之后，是没有蔡冰的，那时她一周还总要回去一两趟宿舍，并没有天天住在我这里。

我翻来覆去地想我和王鹿怎么办，和蔡冰怎么办。

我仍然能够感觉到王鹿在强烈地扰动着我的荷尔蒙，可我知道这是不对的，这不是一般意义上的不对——我并没有多强的道德感，正常恋爱中的劈腿啊什么的也不对，但不会让我觉得这么负罪。我是觉得，蔡冰可算是在我落魄之时，不管自觉还是不自觉,拉了我一把的人,我觉得她对我是有义气的,就好像兄弟,义薄云天,我不能对不起她。

想到这里,自我感动使我兴奋,我给蔡冰发消息,说我想你,来找我吧。蔡冰回,烦人,神经病,我已经睡下了,明晚就去了。我说,不行,就要今晚。蔡冰过了一会儿说,那你来我这里吧,我室友不在。我马上起床,骑了个单车过去。蔡冰穿着睡衣,睡眼惺忪地给我开门,一脸不耐烦和嫌弃,说,你真的烦死了。我不禁也有些气,但还是觍着脸过去抱她。

到了床上,我拼了命地折腾她,她勉力应付,等到两个人都汗流浃背地躺在床上,蔡冰说,你下次别这样了。我说,刚才不爽吗?蔡冰说,爽是爽的,可是明晚不是就去你家了吗?我说,这样临时起意才刺激啊。蔡冰说,你这个流氓。

王鹿之后再约我见面我就想办法婉拒了,她不死心,只是一封封地往那个电子邮箱里写信。

她像自言自语一样跟我倾吐她跟周晓天的感情经过,但我只觉得厌恶,看了三封之后便不再打开那个信箱。

这个世界有了微信之后,她主动加了我,我有时会打开来看看她的朋友圈,那时我和蔡冰已经结婚多年,有了一个女儿。有一天我打开王鹿的朋友圈忘记关上，女儿点开她的照片问，爸爸，这个阿姨是谁。照片里的王鹿有一些胖，剪掉了长发，染成了黄色，仍旧一副倾国倾城的妖精模样。我往下拉了几屏，她像我想象的那样继续活着。

我跟女儿说，这是爸爸的一个朋友。

等她的注意力被电视吸引走了以后，我点开王鹿的头像，将她彻底删掉。

二

彭辉篇

1. 渣男心声

我其实对我们这代人已经有点失望了。我的意思就是我们"70""80"这一代,我们其实真没什么好说的,我们大多数都已沉湎于工作、婚姻、子女了,人生没有别的追求了。我们被这些东西成就,但也被这些东西杀死,我们和我们前面这一代,只要你脑子别太不好使,运气别太差,都算是挣到了钱的。不说别的，上海正常家庭，什么叫正常家庭，就是我这样，不是大富大贵，但也绝不能算差，到我这个岁数，起码有个几套房子吧，我父母的，我爷爷奶奶的，我外公外婆的，这是保底的，要是结婚，我老婆的再加上，那就 double 一下。如果遇上拆迁，或者自己脑子好使，前些年房价低的时候上车了，那就算是人生赢家了。

我有一对同学，其貌不扬的，夫妻两人都不工作，原来浦东人，现在住在马陆的别墅里，开宾利啊，来同学会，开一辆宾利的轿跑，我们都好奇他们哪来的钱。我上学时跟他们关系好，我就私下问了，后来他们说没别的，就是拆迁啊，一下子拆了二十几套房子，他们卖掉了一些，另一些留着出租，又置换，现在就退休了等于。我同学里像他们这么有钱的不多，但生活无忧的是大多数，不管是折腾着出国的，或者就在上海工作的，或者自己出来开公司的，都不差的。

而这恰恰也是最无聊的地方，就同学会再见面，我说的是高中同学会啊，大学不提了，会觉得现在我们看起来都差不多。但中国人啊，凡事你要两头想想，就是你不要看不起差不多，差不多是不容易的。在上海挣大钱容易吗？容易的，只要你胆子够大，我马上能给你举出来三种发财的办法，不违法，但是有点擦边球。想赤贫也容易，吸毒打牌玩女人，P2P 高利贷套路贷，你随便沾一样，马上就赤贫。但自己知道进退，知道差不多就好，是需要智慧的。就像国家发展，大干快上容易，长治久安最难，这不是那么轻易能达到的。

我们耗尽半生，变成现在这副模样，一方面满足，一方面心里又空荡荡的，现在的人没有信仰啊，那怎么办呢？我观察了一下，全在轧姘头，人到中年，全在轧姘头，只能干这个啊。

高中同学现在三个群，男同学建了个群，女同学建个群，所有人一起一个群。男同学的群里，都在交换招嫖信息，女同学们讨论的都是养娃，回头大家再吃几次饭，觉得有苗头想瞎搞的一大堆。人生漫长啊，高中时造化弄人阴差阳错没有好上的，现在都再续前缘了。男同学聚会，有人带女人来的，一看就不是老婆，回头一问，果然不是老婆，都半公开的。

我觉得这没什么不好，有时我觉得这是唯一的选择，我对别人失望，其实我对自己也失望，我不知道自己还能干吗，再追求些什么是有意义的。所以我做事，有我自己的原则，有我自己的难度，就是不吃窝边草。就我那些男同学，开个公司，招些小姑娘，走走单子，一年赚个一两千万，完了把公司睡得乌烟瘴气，小姑娘闹到老婆那里，还得老婆出来平事儿，这些我都看不上。为什么？马路上那么多姑娘呢，为什么一定要弄到公司来啊。

比如有一次，我开车走在一条小路上等红灯，那条小路要穿过一个主干道，因此红灯时间很长。然后我就看到，一个扎马尾辫的小姑娘骑着自行车停下在我旁边，我透过窗玻璃能看到她。屁股浑圆，腰也挺拔，马尾下露出来的白生生的一截脖子，册那，看一眼浑身发热啊。本来想摇下车窗认识她的，稍微一犹豫啊，绿灯亮了，眼看她嗖的一下骑出去了，我一脚油门就上去了。我控制着那个速度，用右边的后视镜，轻轻蹭了她一下，她马上就倒了。我刹了车，下去就不慌不忙地道歉。

我们中年人，不能慌啊，要笃定，伤肯定不严重的，我撞的我知道，不是为了害人家，关键是要认识她。现在的小姑娘，素质都很高，你只要道歉真诚，上海的马路这么窄，街上的助动车骑那么快，这样的事情难免的嘛，真的一时不小心，十几年驾龄，常年安全驾驶的老司机啊，不要叫警察，我全权负责，好不好？打电话把公司司机叫来，车先开走，叫120来，把小姑娘送去五院，仔细查，看看骨头有没有事儿。等小姑娘躺下了，记得留名片，让她知道你是大老板，你不会跑，完了还要说吗？就是天天去看啊，反正公司没什么事儿，剩下的就看本事了。这种伤，本来医院三天就把你赶出来了，找找同学，使点关系，让她躺个两周，误工费你全部双倍出。等她好了约她吃饭，赔礼道歉，从吃饭到看电影，从看电影到出去一起旅游，水到渠成。整个过程两个月，两个月，生活不无聊了，对老婆孩子说话都温柔了，小姑娘的身体，起码半年不会腻的，你觉得她们工作中认识得了我这种质量的男人？认识不了的，相亲遇到的都是宅男、码农，要么本地啃老的男青年，哪有跟着我好？

这种事情，最后讲究一个平稳着陆。对于小姑娘来说，你们就是谈朋友分手了啊，这有什么，你也不是她第一个男人，她以后还会有很多男人，她也不会和你翻脸的，为什么？留着你还能给她介绍工作呢，说不定分手了偶尔还能回个床——当然我不建议这么做。这种玩法，起码玩到玩不动为止。玩不动了怎么办？你记得那个在静安寺一直追着女生摸屁股的老头吗？玩不动最后就是他那样呗，满街追着小姑娘摸屁股，反正脸不要了，人生进阶了，上到那个境界，也无所谓了。

我也还真他娘见过这么一个老头。他也算是我恩人，所以我记得他。有一次我去办事儿，那种公共机构嘛，外面有台阶，很宽的台阶，前面一个漂亮女人在走，我抬头正好看到她屁股、腿，还有腰，腰很长的，这种腰长的女人，真的是，一扭一扭，一看就知道，嗲得不得了。正在愁怎么认识一下呢，一个老头迎面从上面下来，我和这女的，我们都靠右，那个老逼样的靠左，他隔着四五米啊，斜着走到她旁边，硬挤着擦了一下还是摸了一下，真下流啊。那个女人就停下来质问，一看就是个不会吵架的，应该也不是上海人，她用普通话愤怒地问老头，一字一句，"摸一下很爽吗?"我都快憋不住笑了，但我忍着上去把老头大骂了一番，我还打算上去抽他一耳光，这种老头都很怂的，不敢说什么的，但那个女人把我拉住，说算了算了。

我这也算是英雄救美吧，接下来就很顺利了啊，一起办事，聊聊天，旁边星巴克买杯咖啡，联系方式就拿到了。这种女人啊，熟女，你别问太多，直接约，只要肯出来，十有八九心里都明白你什么意思的，吃两次饭，最多一个礼拜就能推倒了。

这里面有没有学问呢？有，就是你得随时随地做好准备。不要懒，车开好，表戴好，不要穿个大裤衩就出来了，知道你公司现在事情少，钱赚得容易，但你要显得辛苦啊。显得辛苦没坏处啊，给客户看，给员工看，都有好处，最重要也是给这种偶尔遇到的女人看，觉得你是精英男，起码素质不差，大家交个朋友可以的。你要是邋里邋遢，一副附近大叔出来逛超市菜场的打扮，你就是帮她从抢劫犯手里救了包回来，自己还中一刀也不一定能让人家看上。

这样的女人，我其实觉得比小姑娘有意思。就是大一些，或者同龄，不要小太多，小姑娘咱就尝个鲜，这样的女人才是极品。当然也有可能是我吃这一套，好这一口，现在想想，可能也跟我早年的经历和心态有关系。

我大学毕业第一份工作，在恒隆，那个公司很奇怪的，啊，非常奇怪。开在这么高级的地方，其实很小的公司，当时我其实是不懂这种公司的性质的，其实就是帮大佬洗钱的，做点什么生意其实没那么重要。只要有个公司在这里开开票就好，控制一下业务规模不要做得太大被人盯上。但那时才22岁啊，你觉得我懂什么，入职的时候就是个傻逼，不知道自己的工作目标，老板安排啥我干啥，完了嘛干活也不用心的，天天想着出去玩，谈朋友，吃饭戳逼看电影，也无聊，但年轻时就是乐此不疲。

当时那个公司统共才二十个人出头，有专门的一个行政，有个财务，但不常来，日常就一个出纳。他们当时给我发的入职邮件很高级，页眉页脚精致得不行，用繁体字打印在专门设计好的文件上，一整张，盖好章扫描成一张照片，背景还有花纹，布局精美合理，细究起来连每句话的断行都考虑过了，还有董事长的手写体签字，然后贴在邮件正文里发给我的，电子邮件地址是一串很长的英文单词，是公司名称的翻译。复杂得根本记不住，给的薪水也不错，我就觉得这工作靠谱，拿着 offer 开心得睡不着，看了又看，但是他妈的他们只发工资不交社保，这我后来才知道。

而且呢，老板特别装逼，第一次发工资的时候把我叫到办公室说，我们发工资，是一种让你特别爽的方式，就是给你现金，然后说完丢给我一小叠钱，让我在一个表格上打个钩。我是第一次见到有人把偷税漏税说得这么牛逼的，但当时我是真的信他啊。我那时候还喜欢摇滚呢，我还记得我拿着那叠钱出了老板办公室的时候，还在哼郑钧的《商品社会》：为了我的虚荣心，我把自己出卖，用自由换回来沉甸甸的钱。但他妈出卖是出卖了，钱是根本没有沉甸甸，我的自由没有人家郑钧的值钱啊。

入职之后，他们给我安排了一个上司，这上司是个比我大不了多少的姑娘，但这姑娘官威挺足，第一次被 HR 带到她面前的时候，我是被吓住了。她那个位置，靠着走廊尽头，独立工位，先是没人，我和 HR 就站在那里等。我偷偷看她桌子，上面堆满了各种东西，招财的风水摆件，摘下来的首饰，瓶瓶罐罐的维生素，各种看不懂的文件……然后只听着远处有女人打着电话声音很大地走过来，声音很严厉，显然在呵斥对方，"不行，下午 3 点前必须发给我"，然后我就远远看到一个女的穿着连衣长裙一扭一扭地从转角走过来。我们得等她打完电话，并默默同情电话那边那位兄弟。HR 很怕她的样子，迅速地跟她介绍了一下我的名字，转身就跑啊。剩下我弯腰跟她鞠躬，说"师傅你好"。

这是前面大老板教的，他说我们这个行业也是一门手艺，因此每个人都得叫自己这个直接的上司为"师傅"。其实我们这种倒买倒卖的，哪里有什么手艺可言啊。她就这么看了我一眼，面无表情地跟我点点头说，以后可以叫我 Lisa，你回位子去，等我找你。我他妈一直等到下班啊，她都没来。然后我只好过去找她，明明是她忘记了，她居然跟我说，啊？我不叫你你自己不会过来吗？你今天在干吗？白坐一天啊？当时我就觉得想辞职，但我忍住了。然后她把我拉到会议室，开始给我安排事情。

这个女人太吓人了，她把她手上所有的杂事琐事体力活全部丢给我了，什么几百条营收数据录入 Excel，什么看几十个网站的内容每天写备忘给她，什么到哪里跑腿送什么东西，还要帮她代打卡，买咖啡，去银行排队。她那个咖啡，还很挑，她不喝楼下的咖啡，她要让我到边上一个开在居民区里的精品咖啡店去买现磨的咖啡,然后,这些我都买完忙完了,她都还没来,她要到中午午饭的时候才进来,然后她装模作样跑到我背后指指点点,挑一堆毛病出来,说别人不好谁不会啊。我表姐,最擅长的事情就是坐在电视机前面,指着电视剧里的明星,或者社会新闻里的路人,说人家不好,还能说得很幽默。这种人,我告诉你,最没有意思了。

这还没完呢,晚上都是要加班的。六点半,就得给她下去买饭带上来,还得提醒她吃,因为她一旦饿了就很易怒,我也得跟着倒霉,得这么说,丽莎总,吃饭了啊,吃得晚了对身体不好,影响身材,你这么漂亮,可要注意保养。

我这跟谁学的呢?跟大老板女秘书,女秘书就像哄儿子一样哄着大老板呢,还捏肩膀。

到了月底,我得帮她做她的报销,财务报销卡得严,一条条都要弄清楚来龙去脉,她每次都不仔细告诉我那些发票是怎么回事儿,完了出问题了被财务弹回来了她再来骂我。我也常常猜这些票都是些什么,是不是真的像她说的那样,都是她不想去或者不得不去应酬的客户。那时的发票,大部分都是那种定额的,五花八门,根本想不起来是哪里来的,其实全靠我给她编。出现得较多的,是一个每次两千的,但我看不出那是什么,我一般给写成餐饮。

她每天都穿不一样的衣服，化妆，涂各种鲜艳的口红，这和学校里的女同学是太不一样了。我后来的位置就在她边上，我经常看到其他男员工盯着她的目光火辣辣的。周五便装日的时候，她会穿那种深蓝色的紧身牛仔裤，上面配真丝的白衬衫，平常穿长裙不太看得出的臀型会显出来。因为胸不大，所以白衬衫里常常不穿 bra 的，然后马尾高高地扎在脑后，头发发质也好，乌油油的一大把，衬得后颈尤其得白。

我就是那时候明白了一个真理，女人就得这样裹得严严实实的才撩人。我那时天天幻想她衣服下面是什么样子。公司里她的传言很多的，有人说她和另一个部门的总监地下情，也有人说她喜欢睡年轻的实习生，前一个实习生就是因为晓得自己修不成正果，因爱生恨愤而辞职的。这些传言听下来，我真的觉得我可以试一试的。我工作态度越来越好，打杂的功力也在见长——这个事儿真不难，只要闭上嘴，不惜力，不犯傻，你马上会获得立竿见影的成长。

(2. 孽海情天)

开始她跟同事们聚会的时候不叫我的,后来一个大项目上线后,我确实帮了不少忙,她大概有些不好意思不叫我了,于是那次成了我第一次被叫去庆功会。这种庆功会,她作为领导,又是个女的,是所有人围着灌的重点。我就在边上看着她跟别人挡拆,好牛逼啊,这一晚上下来,其实她也并没有喝太多,该混的混，该闹的闹，该悄悄吐掉的吐掉，最后脸红扑扑的，别人都倒下了一片，她靠在椅子上，尚可自持。等到大家差不多快 high 到顶点的时候，她要撤，我后来才懂得，这是领导必备素养——给基层一些自己闹的空间，晚上大家都住在这个酒店，我受命送她上楼。我大着胆子揽住了她，等到了房间，我趁着嘴去吻她，虽然喝醉了，但我还是明确地感觉到，她抖了一下。

等到我把她推倒在床上，心里想着，嘿，还真成了。她很主动，先趴下来帮我发动，然后示意我上来，搞了一会儿，我一时兴起，示意她转身过去。她说，我去喝口水，然后起身到洗手间拿矿泉水，等她喝了几口，并没有过来和我接着做，而是拿被子裹住自己跟我说，你走吧，我觉得不太好。我整个人懵逼啊，是我太差劲了吗？

我问她，这什么意思？她说，这样不太对，刚才太醉了，现在好了一点，觉得不能这么搞。我说，我还没解决掉啊。她说，回去自己解决。我问，是不是我太差劲了？她笑着说，这个你不用有什么心理负担，对我来说尺寸很超了，而且你这么年轻。我还试图再赖皮的时候，她终于冷起脸来说了一句硬话，其他人等下都住在这一层，你现在走还来得及，除非你不想干了。我只好走了。

67

那晚回去，我打了两次飞机啊，没有这么折磨人的，你说我这算是睡了还是没睡呢？我是搞上了，挺好的，但自己又没爽到，我就后悔我不应该想换姿势，我就一个姿势搞到底就好了啊，我换什么呢？而且也不该放她去喝水的，一喝水她清醒了啊。我也是贪心，我平日里看她屁股看多了，那会儿就觉得后入才尽兴，结果弄这么一个结局。

后来她再没给过我机会，等到那个月底，她又丢了发票给我理的时候，我翻到了那个定额两千的，看看红章，我瞬间明白了这就是那个酒店的住宿发票。我醒悟过来她每月都会去住，但显然不是和我，而且我想起来她去洗手间不止喝了水，还看了手机，才明白很有可能是因为那晚等下有人要来，她才把我支走。这种想法综合我看到的其他蛛丝马迹，终于让我明白这就是事实。

待到第二年开春，我想办法重新找工作，就离开了那家公司。我拿着离职单给她签字的时候，她看起来平静极了。我发誓我要彻底远离这个女人，也要远离和这个女人一样的那些女人。

现在我结婚了，但老婆生了娃以后，公粮渐渐就不交了。外面打野食饥一顿饱一顿的，也没个准，我开始也没弄到什么固定的情人，要规律性地解决问题，就得靠花钱。每个工作日周三的下午，我固定会开到曹杨路的这个商场。这是个旧商场，其实是没啥人来逛的，而且他们的地库很陡，停车也很麻烦，要一圈一圈绕到最底下，然后还没有手机信号。不过我必须从这个B4，穿过一个臭烘烘的走廊，借道到旁边的精品酒店去。到了酒店，从B4转到B1，会有一个小弟在那里递卡，然后直接上5楼。5楼房间是很多的，但我从来没有在这里遇到过任何人，只有513住着小陶。

小陶是我一直找的那个妹子，她应该只有二十出头，真名肯定不叫这个。当初我在中介的QQ菜单里选中的其实是另外一个人，结果那个人放了我鸽子，中介不停道歉给我约了第二顺位的小陶，还打了个八折。小陶来自北方，高而丰满，小时候练过冰上项目，模样长得也堂堂正正，没有南方女生的娇媚。她最合我意的一点就是话少，也没有多余的举动，一般的流程就是，我先洗澡，小陶会小心翼翼地反锁房间，拉好窗帘，把电视机声音调大，然后自己在床上靠着。等我过来，她默不作声地趴上来，她的技巧没得说。

第一次遇到这个妹子的时候，我没有上心的，毕竟找得多了，我经常换换人啥的，但这个妹子给我留下了挺深的印象。首先她不叫，过去我觉得不叫的妓女是不称职的，她真的忍不住的时候会有压抑不住的喘息声从喉头不经意地溢出来，这反而让我觉得，她有真的爽到，而不是装的。然后她耐受力特别强，你怎么折腾，她都一言不发，顶得住，最后大家都一身汗，她来一句，是不是忍不住了也不能求饶啊？我笑笑，说，你早说啊。然后不管当时多沉浸，结束了她就会马上清醒过来收拾残局，快速而利落地把场面收拾干净——我觉得这是在提醒我，这只是一场交易不要觉得自己受到了什么特别的对待，我并不值得如此。后来我又想起她的时候有些犹豫，但还是跟经纪点了她。回头并不是个好事情，我觉得。慢慢地，我也没有搞清楚为什么，我成了她的常客。

来得多了，能感受到小陶是欢迎我的，我也没有犯过那种傻逼毛病，就是拉着人家谈心，或者是刨根问底。她一直固定在这间精品酒店的五楼，有时会换房间，我问过她，整租一年得多少钱，她没有正面回答，只是说，不贵的。有天下午，搞完之后我在床头靠着吸烟，小陶去窗边看手机，我突然看着她的背影愣住了。

她马尾扎得高高的，腿很直，皮肤在窗口漏进来的光里白得吓人。我一下子想起来她像谁了，她像他妈 Lisa。我有点无语啊，只好莫名其妙地说了句话，你不要被人看到噢。小陶愣了一下，回答：没事儿，这边外面没人。我赶快起来走了。我起初不打算再去找小陶了，于是联系经纪想换一个，有一个价格甚至是小陶的两倍，我去了，但是体验却糟得没边儿。于是我开始晚上跑步，收心养性。跑步的时候人有大量的时间用来胡思乱想，我开始认真回忆Lisa，想起她的形象，多年过去，她的形象和小陶混在一起，让我有些记不清。

我从这里动了要找她的念头，然后发现现在这个年头，要找人实在是太容易了，我找了一个前同事就要到了师傅的微信。从头像看出来她已经有娃了。我犹豫了一下，还是选择了添加。这个行业太小了，她仍旧在类似的公司里待着，不像我还有勇气改过行，她一直待在外企甚至连国内企业都没有去过。我知道她薪水肯定不高，工作肯定也长期处于平台期无法再上升一步，然而等到她真的通过了我，我看到了她朋友圈里眼角带着鱼尾纹的照片时，突然觉得真他妈难过。旧爱那也是爱啊，想起这个睡了一半赶我出去的女人，我百感交集，再没有人敢这么对我了。

我去跟她说话，她说，听说你现在当老板了，生意做得很大啊。我有点不知道怎么接，就说，瞎弄弄,都是瞎弄弄。她说,我都知道的,人家都跟我说你的,你是我带出来的,你做得好,我也为你开心。我晓得她还算诚恳,但始终还是有点酸的,因为显然我们位置关系扭转了嘛,不知道说啥,我只好跟她约吃饭。她马上就答应了,其实我反而有点后悔,不知道怎么面对这个女人,为了缓解紧张情绪,在和她吃晚饭前的下午我又去找了小陶。我是想着火泄干净了见她,应该会从容些。我有段日子没有见小陶了,她见到我说了一句,好久不见你了。我只好说,没办法,这段时间老婆管得严。其实我老婆早不管我了——以后空了再提我老婆,不过她不重要。

和 Lisa 的晚饭约在了波特曼酒店的牛排馆,我提前跑过去做准备,选合适的位置,检查餐具是否干净卫生,还特意嘱咐了晚上的音乐和灯光。等一切都停当,又过了好一会儿,Lisa 被服务生带了过来。我选的那个位置,自己在暗处,但一眼就能看到门口,隔着好几张台子,我还是迅速认出了她。我没有站起来,等到她往这边看的时候,冲她招了招手。她冲我微笑,坐下来:哎呀,我们有多久没见面了?我说,我离开卓基以后就没有见过你了。她说,你变化挺大的。我说,你和过去一样漂亮。她说,你现在还真的是会说话。我说,商业互吹结束,我们先点吃的吧?等菜上来之后慢慢聊。

她看菜单的时候，我坐在对面打量她，看她的眉眼，马尾，看她翘着小手指在手机上点开APP上的菜品推荐。她抬起头看我，说，你真的变化很大。我说，我老了嘛。她说，瞎说，是有魅力了。她说我有魅力了的时候，我就从她眼神里看出来，我一定是可以拿下她的。尽管她坐着，我还是能看出她的腰要比以前丰满，我想起过去的那段经历，不禁有些恍神，我们就这么慢慢吃完了前菜，面包，汤，主菜。

吃饭的时候话并不多，她看起来也没有急切和慌乱，而且胃口很好，一块接近12盎司的牛排她一块不落地吃完了，点的白葡萄酒，她也全部喝掉了。我假模假式地说送她回家，她知道我也喝酒了，但居然啥也没说。我们坐到车里，我开始吻她，她柔顺得很，后来就上去开房了。我本来以为这个事情就这么结束了，没想到她过了几天又来撩我，让我给她买了个香水。说真的，有这么一个固定的老情人，我很快就这么忘了小陶。

Lisa一开始打的什么算盘我完全没有想过，我纯粹是想睡她，并没有任何进一步的想法。等到这个关系进展到两年左右的时候，我有些厌倦了，我想退，毕竟她不是年轻姑娘了，比我还大啊。我有时想想，宁愿她是结婚的,也不要这么一个女的砸在我手里,感觉要甩不掉了。

然后我和她谈了一次,结果没有用,等到她上公司来找我,已经有点闹的意思。那天我刚好不在,我的助理陈曦应对的她,等我回去,陈曦跟我讲了整个过程。无非就是她坐在接待室就不走了,然后有点难看,但陈曦没有声张,把她带到了一个比较偏的会议室,然后拿了饮料和点心伺候着。显然陈曦瞬间就猜出了我和她的关系,她跟Lisa说我真的不在,也不大来公司的,然后说我这会儿在飞机上——我那个手机故意关机了。好说歹说,Lisa走了。完了我头痛得不行,等到Lisa第二次上门,我趁着陈曦应付她自己赶快坐货梯下去,开车溜掉了。等到第二天,我不知道该怎么办的时候,陈曦来找我,说,老板,上次我提的加薪,你如果答应加给我的话,我去帮你搞定这个事情。我愣住了,我说,你有什么办法?陈曦说,我跟这个Lisa小姐接触了两次了,她跟我说了不少东西,我可以出面帮你处理这个事情,和她谈个条件。她现在比较激动,你也别先出现,我和她初步聊好了,你再来敲定一下。

我那时也没想到还有什么别的更好的办法,就说,那你去,她想逼我离婚,接下来可能要闹到我老婆那里去,但我的底线是,最多给她100万,你去谈谈看。没想到的是，陈曦大概就谈了两三次，第一次约了见面，第二次还是周末叫了 Lisa 出去，一起去了个杭州，还去了灵隐寺，最后一次陈曦还留宿在了 Lisa 家，前后也就几个礼拜的时间。陈曦跟我说，老板，我搞定了。你出 100 万给她，再给她买个贵点的礼物，我觉得是钻戒吧。你去了以后，别的都别提，就谈你们的过去，你们的感情，跟她服软，今生有缘无分啥的，最好还能哭一个，这你自由发挥就好，然后我觉得应该差不多了。

按照陈曦的办法，Lisa 不出意外真的就这么退掉了，我非常意外，说真的，要是真的闹到我老婆那里去，损失绝不止一百万，我算是躲过了一劫。这事儿结束之后，我去找公司一直用的大师看了一下，他看了 Lisa 的照片和八字说，按理讲我的八字就是要桃花多才旺，女人睡得越多，我事业越好，但是 Lisa 这个人不行，克我的，第一次我们睡一半就是个提醒，没想到我还硬顶着上。最后大师跟我说，你啊，以后比你大的女人不要碰了，找小姑娘。这话我听进去了。

这件事刚过去，我给陈曦加工资的时候，陈曦又提出，能不能给她男朋友介绍个工作。我了解了一下她男朋友的情况，还把那个叫周晓天的小伙子叫来公司聊了聊，觉得他适合做文案策划，就把他推给了我一个做文化创意园的朋友。小伙子挺会来事儿，主动要了我微信，后来入职以后，还专门来跟我道谢，并跟陈曦一起请我吃了个饭。

有了这层关系，我和这对小年轻，算是成了朋友，但彼此之间的差距还是有点大。他们这波小孩，没有赶上最好的时候，现在在上海奋斗，确实有点难，况且本身是在北京发展了一半跑过来的。北京的路数跟上海不一样，两人在我看来，需要提点的地方很多。周晓天还挺虚心，经常来问我点工作上的事情，我也愿意跟他说，跟他讲上海人做事，很多东西不能硬来，年轻人也不能着急，还是踏踏实实，早点买房，跟陈曦结婚。我也不知道他有没有听进去，这认识能有半年吧，我没有想到的是，周晓天居然来问我借钱，一借就是十万，我有点愣住了。

第一个念头是他怎么能借到我头上来？这也隔得太远了。电话里我没有直接拒绝他，我说让我考虑一下。挂了电话后我还是有些嘀咕，总觉得可能出了什么事儿。我马上给外出的陈曦打了个电话，她听起来挺正常，我假装问工作，最后补了一句，最近生活上都还好吗？她说，挺好啊，谢谢老板关心。

陈曦帮我处理外遇这个事情，按照约定，她应该是不能告诉任何人的，包括周晓天。然后我帮周晓天找工作的这个事情,其实虽然看起来有点怪,但是也算是情理之中,应该也不至于引起什么怀疑。但我隐隐中有一个怀疑,从这事儿以后,我对陈曦在工作上常常有不少照顾,也经常在下班后留她下来聊点东西,我担心周晓天猜测我和她的关系不正常——我不吃窝边草,这是我的规矩,但别人未必知道。周晓天会不会是用借钱这种方式来拿捏我?不过周晓天看着真没什么社会经验,也不像这样的人。这样的人要是我商场上做生意那些对手,我觉得OK,但周晓天真未必有这根筋。到了下午,我给周晓天打了个电话,说,你下班来下我公司吧,正好你们家陈曦今天也不在,你来我们当面聊聊。他答应了。

3. 买个教训

周晓天么,还是那副腔调,看着人模狗样,但气势总是要死不活的,像个幽灵,穿着个看起来灰突突的T恤,人瘦在衣服里,几乎快要消失。他坐在我对面的沙发办公椅上的时候,我心里跳出一个念头,这个沙发椅,至少能坐三个周晓天。这么一个小伙子,借十万块干吗?问我借干吗?我问他,尽力不让他觉得奇怪。

我说，钱其实并不多，主要我担心你和陈曦不要出什么问题。周晓天说，说起来有点绕，我和陈曦没什么问题，是我过去在北京的时候欠了一笔外债，这个钱当时是借来做一个销售工作的押金的，结果离职的时候公司那边耍流氓，不退了，然后借我这钱的朋友今年要结婚，我得把钱还给他了。这个钱，当初一念之差没有告诉陈曦，现在也不想告诉她。他又看看我说，还有个原因是，我的朋友里，再没有人能借出十万块了。我盯着他，心想，这句大概是真的，于是说，你等一下。我开了保险柜，直接给他取了十万现金，说，你拿去吧。周晓天再三嘱咐我不要告诉陈曦，他会尽快还我。

这事儿又过了一段，我看陈曦也一直挺正常的，就没再往心里去。

不料某天晚上我正准备走呢，陈曦来敲我办公室的门，说，老板，有空聊一下吗？我放下包说，快说。陈曦坐下来说，可能快不了。又抬头看看我说，我要辞职了。我愣住了，我问，为什么啊？陈曦说，一是我怀孕了，我和男朋友商量，老这么在上海待着也不是个办法，挣的钱也不可能买得起房子，北京毕竟还有我父母，跟父母商量了一下，他们现在还年轻，还能走走关系给我弄个稳定点的工作，所以我们打算回北京去了。我说,所以这是已经决定了对吧。她抬头看看我说,是的,不过既然下了决心,倒也就没有那么急,我可以做到你招到人为止。我说,那谢谢了。

新助理一个月后到岗,陈曦又带了她一个月,2008年奥运会开始前夕,陈曦正式跟我辞职。我跟她开玩笑,说,等我去北京看奥运会了找你玩,陈曦笑着说,热烈欢迎,带你吃烤鸭。

但实际上我第一次去北京,要等到她生产后。我在MSN上看到她的状态换成了"心心宝宝满月快乐",那是第二年春天,我跟她约了去看她宝宝,她没有拒绝。我有一个没有说出来的心思是,周晓天再没提过还钱的事情。我寻思上门去看看,即使不直说,我也点点他,现在也许不是还钱的时候,毕竟养娃那么费钱,但他也不能像忘记了一样。

我到北京是个中午,天气还挺冷的。陈曦已经上班了,在她父母安排下进了一个铁道系统的内刊。我觉得是挺可惜的,其实还有心劝她要不要回上海继续帮我。

她把我约在一个吃北京菜的馆子,我先到了,待到她来,状态让我吃了一惊。她看着精气神很棒,压根儿没有刚生产过的老态和疲态,头发剪短了,染成时髦的淡酒红色,皮肤很白,还是那副瘦瘦的很干练的样子。我不禁感叹，气色不错啊，北京这么养人啊。她说，哎哟，你都不知道，你们上海菜我吃不惯，回来北京舒服多了。我说，你看着怎么也不胖啊，恢复得这么好。她说，我怀孕期间就没胖过，胖不出来，就是肚子大了一块儿，在公交车上都没人给我让座。我点点头，你这是基因好，之前公司女同事怀孕，我也见过几个身材保持得好的，但那都是花了大功夫，还要靠时间的。

陈曦说，老板，别老聊我，你生意怎么样？新的助理怎么样？我故意苦着脸说，你晓得的，金融危机，从去年年底到现在生意都不大好，而且那个助理我已经换掉了，不如你。这个位置，我还是给你留着，你娃也生好了，要不要回上海？陈曦说，现在的工作确实没啥挑战，但我真不能回去，娃还离不了我。周晓天他爸妈身体不好，不能来北京带娃，现在全靠我和我妈换着带，我妈也不可能跟着到上海去照顾我啊。我说，看来要等我在北京成立分公司了。陈曦说，我期待那一天。我问，到你下班还要多久？我是不是到早了。她说，不用，这边不忙，我下午请假请掉了，我家住得远，一会儿吃过饭你就去我家吧，我妈在家带着心心呢。我问，小周呢？他还在上班？陈曦说，他做图书编辑了，我前面问他了，他能赶回来吃晚饭。下午我烧菜，晚上我们在家里给您接风。

我说，那真的是麻烦了，明天，明天中午我们到外面我回请你们。

陈曦这次有点震到我了，我觉察到了她的魅力。本着不吃窝边草的原则，其实招聘的时候我就想过，助理不能太难看，但也不能招我自己特别喜欢的类型，就招个普普通通的。我第一次见到陈曦的时候，觉得她瘦瘦小小，简直没啥第二性征，胜在英语好，活泼热情，然后能力也合适，本身是媒体出来的，会跟人打交道，协助我处理一些企业公关方面的东西很合适。而且那时我的心思都Lisa身上，从未对陈曦有过什么念头。

但今天，我回想她的发型、身段、脸上安闲自然的表情，以及时不时对我绽开的微笑，我有些燥热。晚上在陈曦家的晚饭没啥可说的，我见到了周晓天，他还是那副模样。现在想来其实有点怪，他像是停在某个凝固时间段里的一只爬行动物，比如变色龙或者是龟？没有衰老，没有改变。行为，说话都是缓慢的，仿佛没有激烈的情绪，他有点不像陈曦的老公，倒像是个弟弟。

是的，我恍然意识到，陈曦在怀孕之前和周晓天并无年龄差距感，但现在，周晓天显得比陈曦要年轻多了。而这就是陈曦的核心变化，她开始像个女人了。

周晓天没提还钱的事情,我也没找到机会说。第二天中午请他俩午饭的时候,我包了个2000的红包,塞在了周晓天手里,说,这是给心心的。陈曦上来推让和客气,周晓天倒是愣在那里,并没有想还给我的意思。我拔腿开溜,跟他们挥手,就此离去。

不过一个月后,我就又一次来了北京,我正式邀陈曦出来晚餐,专门在"大董"订了位置,跟她说我想在北京弄个分公司的事情。她看我这么热情,初步答应了下来,但也犀利地指出,其实以我公司的规模,现在跑来北京开分公司实在有点吃力,我笑笑没接茬。我们喝了点红酒,吃完觉得不尽兴,说去三里屯接着坐坐,她答应了。

后来,在吧台上靠着的时候,我趁着酒意揽住她吻了一口,我有点把握也许可以拿下。但她犹豫了一下,还是把我推开了。我没有放弃,又拉住了她的手,我的意思是我退了一步,拉手是情感的表达,而不是欲望。但她显然没有领情,把手挣脱出来说,老板,你醉了吧。我还想进一步动作的时候,她说,我上个厕所。之后转身离开。我靠在吧台上等了有十分钟不见她来,于是跑到厕所去找,才发现她已经跑掉了。我给她打电话,她没有接,接着我发了个消息过去,说,曦曦,不够意思啊,怎么走了也不说一声。她没有反应。我忍着一腔欲望,回到吧台接着喝,并四下张望。

这酒吧并不太平，很快就被我看到了一个姑娘，在我以为我搭讪成功的时候，她几句话就让我明白了她的身份。

我们出了酒吧，她熟练地把半醉的我带到了不远处的一个小酒店，我索性任她摆布。我得说，那是我那些年最倒霉的一天，我们刚完事，就被人砸开了酒店房门，我没有试图做任何无谓的解释，就这么被带到了派出所。这是个大行动，我看到了很多和我一样的人，我那会儿脑子里只有一句话，"这回算是倒霉透了。"

我是外地来出差的，这个情况要麻烦得多，此地没有家属能被通知，我再三哀求之下，他们联系了被我谎称为一起前来出差的同事陈曦。

等陈曦到的时候，已经是天亮，我有点尴尬，但她显然已经明白是怎么回事儿。但我还出不去，因为我身份证不在身上，我委托陈曦去酒店取来了，不过我仍然没有被释放的可能，按照警察的说法我将要被转移到某个更远的地方去。陈曦是一个人来的，我也不知道她在想什么，我非常担心会被通知到上海的家人，我不知道我接下来会怎么样。在我一无所知的状态下，我坐了三个小时的车被送到了另一间看守所。

直到又过了一天，陈曦带着一个我不认识的男人，把我接了出去。在出来后的出租车上，陈曦跟我说，老板，这个事情算是过去了，你家里没人知道，我托了很多关系帮你找人，但我也不能找周晓天帮着出面跑腿，我怕他多想，也怕你不好意思。张翔是我好朋友，他是刚好上海来北京出差的，前前后后，他跟着帮了不少忙，你要多谢谢他，出的钱也是他先垫的，银行单子都在他手上，回头你到上海慢慢结。

我对着坐在我边上的那个年轻男子双手合十。大恩不言谢，我叫彭辉，张先生，从今天起，我们就是兄弟了。张翔伸手过来跟我握了个手，没什么没什么，我就是跑个腿，这个事情到底靠的还是曦曦家里在北京的关系，主要还是她，你以后多谢谢她吧。陈曦在前面发出一声冷笑，我沉默下来，不知道该说什么好。

到上海半个月后，我约了张翔到外滩吃饭，他在北京帮我先垫了八万块，我拎了十五万现金，装在我的一个旧尼龙旅行包里堆在了他脚边。饭吃完后，我跟张翔说，多出来的部分是我的感谢，我在外面做生意的人，遇到这种事，对我是个教训，也是个提醒，这次没有折在上面，真的是要感谢你的帮助，你不要拒绝我，以后我们交个朋友。他沉默了一下，没有多做客气，说，人在江湖嘛，谁没有这种时候，可能我们都难免，彭总是大老板，我就是个打工仔，你愿意交我这个朋友,是我的荣幸。陈曦是我的好朋友,你也要多谢谢她。张翔是个工业企业的市场负责人,和我的主营业务没有什么交集,但自此以后,我经常约他出来吃饭,算是成了个可以来往的朋友。

陈曦那里,我羞愧至极,觉得电话里说什么都是多余,之后专程飞了过去。一是长揖三次,以示歉意,二是告诉她,我确实借了周晓天十万块钱,过去没有和你说,现在觉得不能瞒着你了,但在此也做个声明,这个钱就不用还了,我当面把当初周晓天给我写的字据撕掉。

陈曦脸上的表情有些奇怪,先是感动,又有些愤怒,之后冷笑着说,原来还有这么一码事儿,所以,彭老板,我明白了,你借了钱给我男人,那晚就是找我收债了吗?我说,你别这么想。我承认我不是什么好人,对你动了邪念,但完全是你的魅力使然,再加上我喝了酒……陈曦说,彭老板,这个钱我们会还的。之前愿意救你,还是因为前面那些年你在上海对我的照顾,你喜欢在外面玩女人我都知道,但是我还跟我朋友们说,我这个老板虽然花,但对我不错,守之以礼,分得清楚工作场合的女人和欢场的女人,我还挺感动。在上海你喝醉了我也扶过你,你从来没有对我动手动脚,我觉得你尊重我。所以那天在三里屯,我是哭着回去的,我还不能让周晓天知道,在外面补了妆才又进的门。这个事情，就算是过去了，但从今以后，我们不要再有来往了。

我表现得唯唯诺诺，一方面觉得羞耻愤怒，但另一方面又觉得这是我自己作出来的孽，实在是不应该躲避。

此事之后，陈曦拉黑了我所有的联系方式，再也不跟我有任何联系。我只有在跟张翔吃饭的时候，才能故作不在意地提起，从他这里得知她的一些零碎消息。张翔挺乐意跟我聊陈曦的，有时连带也聊聊周晓天。我是个直接的人，忍不住说出了我的真实想法，就是我觉得周晓天不求上进，配不上陈曦。张翔沉默了一下，说，我明白你这么说的立场，但我还是不希望你这么认为，其实周晓天对于陈曦是最好的选择，除了他可能陈曦没有办法长久地跟一个男人相处的。我说，你这个说得就深奥了，女人没有这么深奥的。

张翔说，也就是因为我和他们俩认识太久，太熟了，很多经历都是重合、交织在一起的，实在是没有办法简单地有一个判断。我说，那你怎么没有和陈曦在一起啊，我觉得你们俩其实很合适啊？张翔愣了一下，笑着说，你不是第一个这么说的人，以前有个人也这么说过。我说，是谁啊？张翔说，是陈曦他们住上海时的房东，是个路人了。其实这没啥奇怪的，我该谈恋爱的时候又不认识陈曦，而且觉得别人的女朋友更适合自己往往是一种错觉，世间万物都是远香近臭，要真变成了自己的女朋友，又该这山望着那山高了。我说，哎，小老弟，你就是通透，太聪明了，确实有一些不同于这个年龄的智慧。张翔在我突如其来的马屁面前有些不自然，但我看出了他的受用。我知道他是个看似跳脱的俗人，但我没有想到的是他之后会栽那么大跟头。

他后来出事情的时候，我想起他和我陆陆续续地说的一些话，有的恍然大悟，有的令人哑然失笑，他不是一个令人尊重的人，但是一个可以做朋友的人。后来这些年，我看到很多人和事苍黄反复，他只是其中之一，能够还上他的人情我是做梦也没有想到，我尽了全力帮他，接他出狱。

我还记得，他一上车就进了后排，横过来匍匐在椅子上，瘦得整个人脱了相。我想起在北京第一次见他，他白白胖胖，脸色红润，声音浑厚有磁性，让我忍不住把手搭在他肩膀上。我还跟陈曦发消息说，你那个朋友张翔挺不错的，是个人物。但他后来瘦了之后，就再也没有胖回去，皮肤也变得灰黄，不复当年神采，动辄谈起佛经和死亡，让人不知道说什么好。说到底他也就关了一年多，人可真是脆弱的动物，一旦折损，再也无法修复。

三

张翔篇

1. 小唐姑娘

像我这样,出身农家,十八岁考学到外地大城市的,都会明白大学里的朋友不好交。

出身使我们敏感而自卑,城乡的差异使我们短时间难以融入,我们别扭且不安,像在油锅里跳跃的水滴,安顿下来的时刻,也就是即将被蒸发的时刻,在我年轻的时候我很难理解自己为什么要面对这个困境，我读了很多书试图搞明白这件事，直到我意识到搞明白了也于事无补，不一样就是不一样，弥合人类之间认知差异这件事就是愚公移山，它不是一个像我这样的个体可以挑战的。在我围绕着自己建立起来的铜墙铁壁之内，我终究还是有自得其乐的本事，没有别人进来的那些时间里，我也过得挺好。

不过总有例外。令我日后想起深感幸运的是，我终究还是在大学期间交到了一个好朋友。不过不是在现实中的校园里，而是通过互联网。我认识了一个在北京读书的青年（我在上海读书），叫周晓天，他学校比我好，我们在《魔兽世界》里认识，同属部落，他是个巨魔猎人，我是个亡灵战士，他任劳任怨地带还是新手的我做任务，打出来的装备也分配得相当公平，让人心生暖意，我们夜夜在艾泽拉斯的大地上奔跑，他在前我在后，他是大哥我是小弟，我就这么一路被他带到了70级，我又不是个妹子啊，公会里这么干的其他大佬都是为了睡妹子，这除了是友谊没有别的解释了，于是我终于鼓起勇气在某一天说了88要下线的时候，问他要了个QQ，算是交上了朋友。

加了QQ就不止是聊游戏了，我们那时都临近毕业，我们交换了个人信息，聊足球，聊未来，也比对彼此谁学校的女生多，再后来我从他QQ签名的一句贝克特的话"那时天空以其全部光亮洒落在我身上"

展开，发现我和他都在同一个文学论坛有账号，而且之前彼此都了解到过对方的作品。

是的，我们也都热爱文学，这让我对他更加刮目相看，而显然在交换了更多彼此写的东西之后，我发现他也不讨厌我。这挺不容易，那时热爱文学的人很多，还容易互相看不上，几句话聊下来，常常吵得面红耳赤，想来最合适的就是我和他这样，他诗写得比我好，而我会写小说，我们的交流可以不涉及对方的领域，只留下互相表扬和探讨，我认为这就是马丁·海德格尔说过的"共识得以形成的基础，前科学的整体领会"，这让我们的交往亦师亦友，得以维系。

大学期间、毕业之后，我们陆续见过几面，因为都是男的，也不存在什么见光死，他虽然腼腆，却让人心生亲近不觉得拘谨，三次元的交往让我们的友谊更加稳固。我们年岁渐长，各有自己的生活，我看着他恋爱，结婚，十几年我们关系也没断，算是情谊深厚。

然而，多年以来我们理所当然地有一些金钱往来，具体来说，就是只有我在借钱给他。

这在我们轻财好义的少年时代算不上什么，但到了我们身处壮年，原本生活看起来步入正轨的时候，他还在问我陆陆续续地借钱，又有了三四次数额较大的借款之后，我心中不快，在网银里拉了一下他的名字，发现从有记录起，他陆陆续续已问我借了三十几万，且从未归还。我那时陷入一些麻烦，境况不好，而且急等用钱，我心下烦躁，电话里跟他提了几次还钱的事。他支支吾吾，没有多说，前前后后，不过还了我五万，之后便切断了和我的联系。

这之后，我的那个"麻烦"彻底爆发，身陷囹圄达一年零一个月之久，待我出来，已失去一切。后来几乎是唯一一个还愿意理我的朋友，跟我说了他的状况，我得知他也已离婚，并与他人切断联系。

那次追债前后，发生了很多事，像我们生活里的一个转折点，它导致了很多始料未及的后果。我再次试图联系他，寻来寻去，找了一堆认识他的人，他自己仍如沉入茫茫大海里的一根针，就此不见。我想也许他是不愿见我，毕竟我确实有想追回余款的念头，因为我那时已一无所有，但冷静下来，回想往日种种，我又觉得也许从此失联未必不是件好事，便就此放弃。

与他的友情一直是我竭力加以维护的珍宝。虽然它也因为历经多年而变得复杂和纠缠，但真的失去它，对我是绝对的重击，仿佛生命失去了一块。不过人活到后来，大约就是一个看着自己人生不断崩解的过程。我终于明白，我穷尽自己整个青春建立起来的与人相处的模式，在那之后全面失败，我想我觉得自己相较之前的人生是一个不同的人，就是从那时开始的。

我曾经很忙也习惯于很忙，工作后尤其如此，我的某一部分自我坚硬、乐观、可靠、相信点滴的努力和改变，相信世界的进步会与我有关。我还觉得我不那么在乎钱，但我很乐于在赚钱上下功夫，回想起来，那时我只做三件事：写作、赚钱、跟女生约会——这真的是把我忙坏了，又忙又得意。

在那些年里，我也没有遇到过几个闲人，最常见的都是我这样忙忙碌碌的家伙，他们都是别人的男友，同学的老乡，过气的网红……他们在聚会上突然出现，跟大家拱手，之后来去如风，留下一些只言片语供剩下的人回想，"挺帅的"，"刚讲那句话挺有道理啊"，"这么忙你们谈恋爱怎么谈啊"，诸如此类。

不知为什么，他们常常让我想起壁虎，比起壁虎这个名字，我更喜欢守宫。这个词让我想到他们尾巴断掉之后的，温良的样子。

是啊，现在的我讨厌他们，就像讨厌我自己，我就想切了这种人的尾巴，切了那种生机勃勃的欲望——这东西在我里面也存在，它不是什么好东西，我想象自己应该拎着一个干粉灭火器在世上走，有时喷喷自己，有时喷喷别人。我会不会遇到一个可以让我放下灭火器的人？有没有谁不在这个欣欣向荣的局面之中？有没有逆流而上的鱼群？有没有反动派？我渴望有，我觉得我们活错了，希望能有这么一个人来纠正我。可这些年来，我曾经以为是反动派的人其实都不是，而我自己做不到却渴望别人做到证明我也不是什么好东西。

在那段失火般的岁月里，我驿马大动，相对频繁地要去北京或者其他大中城市（这是与我现在足不出户的情况相比）。

那时我们公司代理的设备还非常好卖，乃是一种精密工业仪器上的阀门，中国人尚还制造不好，所以选了一些欧洲品牌来代理销售（开始代工是后来的事儿了），我们以每年百分之三百多的速度成长，比如跟我对口的一个上线，一个生活在德国的捷克人，管理过的最大的国外市场也就是意大利，业余除了喝啤酒啥也不干，他羡慕我们，我也知道他每年都在想怎么甩掉我单干，可又始终没有这么干：我们有安抚他们这类人的方法。

我们把他们从外国乡下请过来办一些半旅游性质的会议，订一间大酒店，在宴会厅里让他们作为专家给各地的采购方、专业媒体进行以科普教育为名的销售宣讲，称之为"研讨会"。他们收获掌声、尊敬、精心准备的礼品、美女经销商代表崇拜的眼神、几天几夜梦一般的异国星级酒店度假体验，我们则把订单牢牢握在手中。

这样的方法还管用的那些年月里（是的，后来不管用了，要不怎么说老外学坏比中国人快多了），这样的活动在我们公司由我负责。通常我和团队会提前一天过来跟酒店方沟通，布置会场，然后活动会用去次日一整天（令人筋疲力尽啊），之后的晚上会有商务宴请，第三天中午我坐飞机离开。第一天坐飞机来的那个晚上的晚饭，我会留给自己在当地的朋友。老外客户不好伺候，酒店主办方也经常掉链子，焦头烂额之际能见见朋友，是我跑一趟外地唯一的安慰。

那时我在北京约得最多的人叫唐萌。唐萌很闲，她是个跳舞的，成都人，在北京上学，毕业之后（或者是肄业，因为她并不是舞蹈专业的）在某个完全不知名的现代舞团体里跳舞，组合的名字我试图去记过，但后来发现她们不断地换成员，换名字，就放弃了。我问过她，她说，我们跳舞的都这样。我不懂这个，同时也放弃了弄清楚"唐萌到底在哪里工作"这件事。关心对方在哪里工作，是我那些年了解对方的方法，尤其是看上对方，对方又特别有所保留的话——了解工作信息利于破冰。

那些年里中国人都在变成生意人——不少人这么说，所以大家都有了个商业身份，而且都能够或多或少的赚到一些钱。顺着这些钱,你能够看到大多数人的来龙去脉。

但唐萌不行,她像个临时工一样飘来飘去,我不知道她一个月演出下来到底能赚多少钱,除此之外还有什么收入,有没有公司给她交社保,够不够资格在北京买房,她租在798附近的那套房倒挺好也不知房租贵不贵,她的朋友都不怎么摸得清路数,比如北京跳舞的老外和我在工作中认识的老外到底有什么不同……这一切都像谜,以至于我长期无法在手机通讯录里给她加一个合适的备注(别人都有,啥公司啥职位之类的)。

她的无法定义和不可捉摸吸引着我,我那时就喜欢这样的东西:搞艺术的姑娘小伙儿,彻夜不睡的喝酒夜游,蹲在路边突然开始呼麦的蒙古人,请他吃饭最后送了我一本诗集的不知名歌手,坐公交去看音乐节里热裤都快遮不住屁股的少女,看到我看她就给我发了一支烟(什么 me too 啊,那时不流行这个,整个公交车的人都看到她内裤了,我看她挺高兴的)。我那时还迷信,还算命,星盘和八字一起排,排完了大师说我"最好不要太早定下来,要多接触姑娘,不然容易离婚",大师真是善解人意,所以我一直断断续续的单身,没有能在该定下来的年纪定下来。

但我妈急啊,她就很喜欢了解我,"最近又认识什么姑娘啦？对方在哪里上班啊？有没有进一步发展的可能啊？"——她那时也还没有彻底放弃我，她对我还有不切实际的幻想。我得在应付她的时候，半真半假地跟她编，对方是幼儿教师，是银行的（非柜面），是媒体的（国有大报），是大公司上班的（家喻户晓）……可伟大新时代的工作真的层出不穷，一个20世纪50年代初出生的老太太常常听不懂。

比如有一次我真接触了一个妹子，在商务咨询公司上班（名字是两个没有实际含义但是一看就很高级的中文字，这种名字往往来自风水师，寓意吉祥容易注册，有时还有英文谐音，一度风行于世），专门提供高级私人订制服务的（那时还没有《私人订制》这部电影），在思南公馆别墅区办公，公司客户全是净资产过亿的大佬，对方甚至都不是太看得上我（虽然她自己长得也就那样），只是赏脸吃了几次饭——我和我妈在电话里说了一下（她还是我挑出来觉得能说的），并重复了女生跟我举的例子。

"比如一个有钱的老板，突然电话来，要六张当天晚上就开演的王菲演唱会的贵宾区门票，别问人家为什么不预订，有钱人就是不预订，我们就得搞定这个。或者明星客户一家人现在突然要去海外度假，从坐飞机到住进酒店，全程快捷通道搞定，不希望被任何人看到，我们也得解决。"我妈听了，电话里半晌不语，之后悠悠地来了一句，"这能干一辈子？听起来怎么不像个正经工作？"

唐萌的工作，就更难讲。跳舞，职业跳舞，对于我妈来说，就是指早年县文化馆里那些跳样板戏的女人（都没有编制的，都不能算公务员）。如果要进一步解释，是现代舞不是民族舞，那就比让她了解一只马达加斯加狐猴还难了。但我喜欢唐萌，我（希望）了解她，甚至愿意娶她。我应该算是个不错的结婚对象，起码我愿意结。

那时，我愿意和每一个我喜欢的漂亮姑娘走向婚姻殿堂（其实就是想合法地多睡睡人家）——我有个朋友跟我说，她在莫斯科总是遇到陌生的醉汉喝醉了跟她求婚，我听完就觉得我前世可能是个毛子。但我和别人解释的时候，则惯于把这一点推给自己的国家：我们中国人嘛，都要结婚的，没办法。

其实中国人真未必就代表热衷于此，我这么说就是不负责任。"中国人"替我背了不少锅，后来想起来，常常觉得对不起他们（转世毛子给您道歉了）。不过，也许是欲速则不达，也许是求神问卜得到的结果力量太大（祖坟没有埋对位置，晚结婚好），我和我那些年遇上的姑娘都在婚姻殿堂外鬼打墙般地游荡徘徊。其中徘徊最久的就是唐萌。

那时，在我司常搞的那种研讨会之外，还有一种更大规模的"峰会",一年只有三次(尾牙一次,年中一次,还有一次是去集体旅游),规模要有上百人,公司高层、核心客户的领导、核心媒体都会到场,时间要持续五天,因为执行起来特别累,在我们内部被称为"三座大山"。

这种峰会是有表演的,开场要有舞蹈,全程聘请明星司仪,销售成绩优秀的年份还会有一线大腕站台。我那时刚到这间公司,第一次参加峰会,峰会的舞蹈是活动公司定的,当时提案的时候放了照片但我并未在意,等到了现场演出开始前,我在休息区瞎混,发现跳舞的一帮女的还挺好看,然后从交谈中得知,她们居然还没有定下来跳什么,但她们看起来很轻松,居然就利用开始前那十几分钟把舞蹈排了出来。我担心她们会跳崩掉,在她们演出的时候捏着一把汗,但是没有,她们表现得很好。

排舞领舞的,就是唐萌。她穿着一件灰色的小背心,胸非常平,下面穿着一个灯笼裤,但舞动起来的时候,仿佛不再是那个瘦小的躯体,而是形成了一种类似旋涡的非人存在,全场平静、紧绷,之后爆发出热烈的掌声,令四下无人,空间不复存在,你却一刻也无法移开目光。演出结束,我跑回休息区,看到她坐着抽烟,于是过去跟她说话:了不起,跳得好。她抬眼看我,说,这算什么。我说,之前完全没有排练过？她说，你们这个太简单了，不用排练。我说，你们跳的这个是什么舞？现代舞？我知道我是没话找话，因为节目单上写得清清楚楚，开场，现代舞，3 min。她回答道，其实我不是很想叫现代舞，严格来说，叫"后现代肢体"。

我愣住了，没有接下去，我给她递了一张名片，她给我回了一张，藏艺舞蹈工作室，唐萌，上面有电话。"以后有活动还可以叫我们"，她说。

那次的活动不是我负责，所以我空闲很多，之后的一个星期里，我一有空就约她，她很大方，没有扭捏地就答应了，并且邀请我去她的工作室玩，我跟着她逛来逛去，也亏得她没什么正事儿。工作室的其他人看到我就笑，她则一副淡然的模样，让人猜不出她在想什么。她带着我见她的各路朋友，吃吃喝喝，走来走去，她的朋友都和她一样奇怪，让我有一种光怪陆离之感。

终于在最后一天，我们白天和几个老外舞蹈家去了雍和宫和798，晚上又在一个破酒吧泡着，之后我送她回工作室，她居然还不困，拉着我和另一个姑娘瞎聊，等那个姑娘识趣地走了，她瘫倒在练功的地垫上，头发散开，额上还有晶莹的汗珠。

我凑过去，她看到了我灼灼的目光，扑哧一声笑出来，或者是出于疲惫和实在无聊，或者是出于我跟了这么一整天的感动，她拉着我接吻，之后我渐渐明白这是可以睡的意思，于是奋起精神跟她折腾，就这么翻来覆去，一直折腾到天明，我们又光着身体一直昏睡到下午。下午，我拖着行李赶回程的飞机，在机场鼓起勇气跟她说，不行我到北京来？她笑着说，扯淡，好好回去上班。

之后我在网上、电话里，跟她要一个准信儿，她都模棱两可，而那时工作上也是造化弄人，也是因为新入职的关系吧，阴差阳错的屁事儿一堆，都让我飞一些二线城市，我大半年连着出差，却没有捞到一次来北京的机会，而她终究不是一个靠电话和网络就能维系的人，她经常不开手机找不到人，或者在我发去大段的话之后半天才回一个字，这个若即若离的态度让我痛苦。待到我终于按捺不住，自己请假前来，她竟已经有了一个固定男友，是同行，他们有共舞的视频，还传给我看。

我气哭，觉得是自己给别人铺了路——我觉得明明她看着也没有恋爱的打算，是被我撩动了心弦却又被别人乘虚而入，但待我看了那个男生的视频，发现人家真的又帅又有气质，我是真的比不上，换我是唐萌，我也会选他。于是我自觉降格成为一个"还不错的"朋友，就是后来说的"男闺密"，伺机而动，表面上甜言蜜语，暗地里天天盼着唐萌分手。

2. 到上海去

这之后,但凡有来北京的机会,我都会叫唐萌来吃饭。那时,我毕业不久,生活和工作都刚刚开始进入深水区,对比上海和北京的生活,我越发觉得唐萌的珍贵,她确实是个我在上海遇不到的姑娘,比如我仔细观察过她,我们一起在路上走,我像个机器,从A点到B点,永远在计算怎么走更快(上海的约会对象都跟我差不多），唐萌则像是被风吹着的树叶，一会儿飘到东，一会儿飘到西，且有一种异乎寻常的美感。

她手长脚长，个子不高却很挺拔，瘦若无骨，感觉随时都在消失，却又在你醒悟过来的时候出现在你面前。我终于忍不住问，你走路怎么没有焦点？唐萌说，啊？什么？焦点？我说，是，焦点，走路像不聚焦的眼神。唐萌想了想，说，对，因为我不上班嘛，没什么事儿，不像你，总是来去匆匆的。我说，羡慕。唐萌说，呵呵。我说，来，握握手，过点仙气给我。她伸手给我握一下。其实我只是想碰触她，我和她再没有进一步的碰触机会。

这之后的日子里，我们年岁渐长，分隔两地，虽有交集，但已经浅薄到了无恋爱的可能。我能够感受到她渐渐对我丧失了热情，起初，她肯来见我，还有些过去的情意在，我能感觉到，毕竟那时她和新男友在一起也还不久，但他们竟一直没有分手，待到后来，她来见我，确实变成了只是见一个"老朋友"，懒懒的，没有压力，不用说太多话，而我，我确实太贫乏，我腰硬得像铁板，跳舞像木偶，走路不潇洒，只有一份忙得要死的工作，说不定收入按时间平摊下来，并不比她跳舞挣得多，我觉得自己配不上她，却又不是很甘心。毕竟我们有过一夕之欢。

又经过一些时间，我们的关系渐渐坦率到了可以拿这件事出来开玩笑的地步——是我猜测的，我试着提及，而她半带严肃地表示，那一次还是美好的，差点喜欢上我，但如今再想上床，就还是算了吧。"你和有伴侣的人上床，伤心的是你自己，为了朋友还有得做，还是不要走到那一步。"她这么跟我说。

我这次来北京，只通知了她。由于每次来北京都只去几个特定的酒店，我其实对北京远远谈不上熟悉，我听了朋友的推荐，表示要吃"聚宝源"，她则答应提前过去排队，因此我下了飞机就往那边赶。

路上她打来电话，一方面让我不要着急，另一方面通知我说她会带一个女朋友过来一起吃。本来说好是单独吃饭的，我心里略微有些不快，但嘴上还是好好好。这个时间的北京确实非常堵，"聚宝源"像是富士山，看着就在眼前，怎么也开不到。司机主动和我聊起北京的堵车，问我来北京的目的，并分享自己对于时局的看法，我带着一种无可奈何的焦躁在听着，那时我脑子里只有一个念头，路上消耗的时间越久，跟唐萌相处的时间就越短。

但我却无法在那时明白这就是爱，我完全没有想到过这个词，我只是渴望着她，仿佛我自己不值一提，我的生活也不值一提。和她在一块，我那被资本主义侵占的机械化生活才能得以缓解，我无法想象，我已经变成一个推着小推车在进口超市里买牙膏的庸人。

我记起多年前我在她工作室过夜的那个晚上。

她那时还没有搬到公寓楼，住处还在工作室的楼上，一整层，卧室厨房客厅混在一起一大间，然后是一个小小的厕所，我在水泥池子里的水龙头上洗脸，觉得安心，快活。我这次急着见她，还有一个理由，来北京前一个月，从唐萌男朋友的微博上看出他们可能已经分手的蛛丝马迹，我赶着，想和她再续前缘。我全然已经忽略了，其实那时我在上海，已经有了一个女朋友。

等我到了"聚宝源"，天已经全黑，北京冬天的晚上总让人觉得悲苦，迎接我的服务员声音很大，却也有藏不住的疲惫。我带着一种掩盖不住的旅人气息，冲进这间饭店，第一眼就看到了唐萌。她和一个女生坐在不远处的一张圆桌前。那女生没有唐萌好看，但是一脸英气，算是特别的那一类，嗯，她总有这样的朋友。

唐萌的长发剪短了，还染了颜色，戴着一个大得夸张的耳环，美得吓人。她抬眼看到我，就笑嘻嘻地冲我招了一下手，仿佛我们昨天或者几个小时前刚刚见过面，没有一丝惊讶。我与她目光相接，看到了她油油的红嘴唇。从桌上的空盘子看得出她们已经吃得差不多了,而且聊得也很开心,倒是饿得一头火的我,看起来像个不速之客。我坐下来,努力挤出笑脸跟俩人打招呼,然后叫来服务员加肉,之后话不多说径自猛吃。

对于唐萌浪费了一次我们单独相处的机会,我有些不快。我听着唐萌跟那个女生介绍我,张翔是我朋友,上海的,上班的。那个女生说,上班的?谁不上班?就你不上班。你好张翔,唐萌总和我提起你。唐萌探头过来问,你是做什么的来着?我忘记了。我抬头朝着那个女生,你好,我前公司是做阀门的,不过我离职换了个公司,但还在这个行业,要我详细解释一下吗?那个女生看看唐萌,笑出来:不用了,我也听不懂。我叫刘芬芬,是杂志编辑,也是唐萌的女朋友。

我愣了一下,女朋友?哪种女朋友。刘芬芬笑着说,你看看,都不问什么杂志吗?我只好笑道,什么杂志?刘芬芬说,下次给你带一本。唐萌笑着说,就你现在以为的那种女朋友。我说,之前那个男朋友呢?唐萌说,分了,但还是朋友。我说,呃,好吧,懂了。芬芬你好,祝福你们。唐萌说,以后我不交男朋友了。我说,好。唐萌说,哎呀,你是不是饱受打击?我故意夸张地苦着脸说,我的女神都弯了,觉得人生变灰了。唐萌和刘芬芬哈哈大笑。我心里则难受极了，我觉得我变成了当晚唯一一个在"聚宝源"没有食欲的人。

唐对刘说，跟你说了他很有意思的吧？刘芬芬说，你有个正常人朋友也不容易。唐萌说，他也不算正常，他刚认识我就想跟我结婚。刘芬芬一口水喷出来，唐萌慌忙递纸巾，刘芬芬拿纸捂住嘴夸张地瞪着我，你疯了？我讷讷地说，那不是年少无知嘛。刘说，你看人也太不准了。

我不说话，唐萌说，喂，我有那么糟糕吗？刘撇着嘴说，反正不靠谱，你就是欺负人家老实。唐萌哼了一声，特地给我夹了块自己盘子里的肉，来，张翔，吃，不理她，刘芬芬我告诉你，张翔是我时间最长的一个备胎了，你不要欺负他，你要对我不好，我就去上海找他。我啼笑皆非，吃着那块怎么也咽不下的肉，也不看她们俩。

她们俩就这么边吃边斗嘴，像说相声一样，我心里感慨，觉得人在北京待久了都像是会说相声一样。在南方，没有人这么说话，这种语言里的天生娴熟和自如的姿态，起初让我新奇而快活，之后便使我怀疑使用者的品格，尤其在我经历了几个不靠谱的酒店活动经理之后，那一瞬，因为刘芬芬的加入，从不用这种口气和我说话的唐萌突然和她一起操起了这种调调，让我产生了一种疏离。我真的了解她吗？正在愣神，唐萌突然拍拍我，说，哎，张翔，你还跟周晓天联系吗？还跟他关系好吗？我说，记得啊，我们还好，怎么了？唐萌说，刘芬芬认识周晓天。我模仿着她们俩刚才的腔调，用夸张的语气说，哟，是吗？世界真小啊。

周晓天就是我那时去北京会见的另一个人。日常在上海，在工作状态里的时候，我并没有什么更多关于自我的情绪想表达，经常自觉如同一块坚硬冷酷的矿石。一块矿石，有丑陋而黯淡的光，孤零零地趴在大地上。这样的想象（丑陋而黯淡的光）能够给我一些虚妄的力量，以驱使身体去完成那些灵魂不想完成的事。

不过周期性的，我会崩溃，矿石上会出现裂缝，像泡了水，我拿起书就放下，不喝酒就睡不着，或者需要电话线那头有一个声音，这样的时刻不多，但要命，我不想跟同事或刚认识的人交浅言深，也不想变成付钱叫妓女来聊天的傻逼（我的一些热衷于KTV的同事或老板就是这么干的），那段时间里，我靠周晓天度过。

作为一个上班的人，我所从事的工作，都有严格的沟通规矩，什么人发短信，什么事打电话，什么事发邮件，什么事得当面谈……这些东西起初使我无法理解，之后我渐渐习得，并可以再传授给他人，但又始终觉得禁锢，我清楚地看到自己被这一切体制化又无力挣脱，如同我虽然年轻却日渐倾颓的身体一般，令我厌恶。周晓天，我可以随时拿起电话打给他，拿起电话，我就能开始觉得平静，我几乎把一切能说不能说的，都讲给了他。

世纪初的中国，有过一个大家都上论坛的时期，除了最有名的天涯猫扑之类的，还有各种规模不大的小论坛，它们像深埋在地底的隧道，串联了每一个人。比如我和周晓天，那个我们都有账号的论坛，叫西祠胡同，我们都在一个文学讨论版里。讨论版，也就是分论坛，就像是隧道更深处的某种简陋而神秘的会客厅，谁都可以随时推门进来，但大家都蒙着脸，额头上是一个用户名。

那时，大学里的风气也并没有比现在好，人们在课堂上、报刊上不经意地嘲弄文学青年，甚或文青之间也相互嘲笑。作为一个理工科学生，我写作的事情只能是一个秘密。我们机电学院的学生，喜欢的是篮球足球乒乓球，喜欢的是暑期到汽车4S店打工，喜欢传说某某学长拿到了宝马的offer，喜欢的是聚在一起讨论班里仅有的三个女生谁好看……搞文学，在这种氛围里，听起来简直像是一种侮辱。

我一般在远离学校的网吧里包夜写作，不让任何一个同学知道，"将写作视作一种秘密加以保存"，这种行为逼格足够，但不能拯救作品的平庸和蹩脚。我那时写的东西，不论从何种角度看，都只能称之为不堪卒读，就是在这种状况下，周晓天出现了。

那时的他已经可以成熟地交出一些类似欧洲现代派的诗歌作品，你能够看出策兰、特拉克尔、晚期顾城、佩索阿的痕迹，但又是完全不同的，因为那就是他自己。我那时主要写小说，编一些乡土青年进城的故事，我也试着写过诗，是受讨论版氛围的感染，还为此看了不少诗歌文论和诗人传记之类的（主要是艾略特和里尔克的那些）。

我开始意识到，周晓天如果真像他版聊时提过的那样年轻的话，那他真的是个诗歌天才。我也曾在灵石岛上一页一页地翻着名中外诗人的作品，如果我的鉴赏力可靠的话，那时周晓天已经在写出可以像他们那样留存下来的作品了。而一般情况下，像我这样写作平庸的人往往都有不错的品位。周晓天，他偶尔也会点评我的文字，因为他在论坛里颇有声望，他的点评也给了我不少人气——我写的那是什么啊，真是难为他了，居然找出了优点。

周晓天是北航的，毕业后分到了东航，驻在武汉当机师。他从大学起，就迷上了一个在英国读书的小姑娘，也是我们讨论版里的网友，网名叫西西，本名叫陈曦，陈曦不写东西，但照片拍得很好，还在论坛里发过影影绰绰的裸照，他们俩的组合，不知为何总让我想起泽尔达和菲茨杰拉德，我自动带入海明威的角色，觉得陈曦会毁了周晓天，说给周晓天，周晓天说我是个神经病。

陈曦毕业后归国，并在北京找到了工作，也不知道怎么聊的，周晓天辞了东航的铁饭碗，去北京找她了。陈曦是北京姑娘，精瘦，照片上看着身材正好，本人站在你面前的时候你就会觉得她实在太瘦小，她大约刚刚一米六零，由于瘦，看着要更矮，留长发，齐刘海，皮肤很白，靠近了看有雀斑，因为近视却不戴眼镜，脸上经常会显出一些轻蔑的神气，薄薄的嘴唇经常会让人觉得她刻薄，但如果说起话来，就会发现她声音很笃定，音量也不低，自带一种大姐大气场。"确实是个挺神奇的人"，我当时这么评价，周晓天也在边上直点头。

陈曦有一种不爱穿衣服的穿衣风格，冬天，脱掉羊绒大衣，里面经常只有 T 恤、热裤配皮靴，夏天，则经常穿一些透明材质的衣服，能让你明确地看到她的 bra，有时我会有些不太敢看她，要知道她还喜欢像哥们儿一样，跟男生勾肩搭背。我虽然不是什么正人君子，但我还是觉得和她相处压力太大，我不喜欢她，她让我觉得不自然。然而如此瘦小的陈曦却有巨大的能量，这能量折磨着周晓天，给他造成了很多痛苦。陈曦还在国外的时候，周晓天一天给她写一首情诗。我觉得写得都很好，但陈曦有次在QQ上把其中几首发给我，问我，最近周晓天是不是有点疯？我不知道该说什么好，心里说，就是疯，那也是你害的。

对于如何搞定女生，我和周晓天有不同的想法。我的意见很简单，就是异地恋和网恋这种东西在我看来是不可靠的，可以从这里开始，但必须得想办法有日常相处，有线下交往，但周晓天认为我的看法太简单粗糙，他乐于在网络上给陈曦提供情感陪伴，他有足够的耐心打电话，聊天，围绕一件小事去充分地共情，我看过他们的聊天记录，我觉得那不是爱情，或者不仅仅是爱情。我看着他们的关系如此稳固——除了不能见面，或者说，见面很少，我也挺佩服的，但还是得说，我没有经历过这种情感模式，对照我和唐萌，我觉得电话超过3分钟她就开始烦躁了。

他们关系的转折，出现在陈曦归国之后。陈曦的归国并没有像我想的那样，迅速推进两人的关系，而是给周晓天造成了更多的痛苦，因为他开始要处理现实问题了。这印证了我的观点，不管在论坛里看起来多么凌空蹈虚的姑娘，面对生活的时候都是非常实在的。他们在陈曦的工作选择、周晓天是否要来北京，怎么见家长，打算几年内买房等等一系列问题上都开始出现分歧。那期间，我也在为唐萌痛苦，我们经常在电话里交换我们的痛苦。

周晓天付出相当大的代价,从武汉辞了职来北京。他父母都是湖北的小公务员,对他的选择极为不解——他是先斩后奏的,他妈还因此病倒了。这一切堆在一段感情上,感情就不可能顺利,不止他和陈曦走不下去,他的工作也开始荒腔走板,几乎没有一个能超过一个月的,这种情况又反过来恶化了感情。

等到了第二年开春,周晓天跟我打电话,说他和陈曦"彻底地,但和平地分手了"。他用词精确而克制,还附上了一首诗作,令我不知道怎么安慰他,只是劝他向前看,然后转移话题告诉他我在写一篇新小说,是关于感情的,他则表示,"如果你想把我的故事拿来当素材的话我是愿意的。"我愕然,表示"目前还远远没有到要拿你当素材的时候",他问,那什么时候合适,我说,"还需要看到一些事情的结局。"

实际上,我不想和他说这个,也不喜欢说,但我不知道说什么,我心里有些内疚,因为我意识到我无法在电话里给他提供他过去提供给陈曦和我的那种"情感陪伴",电话聊一会儿,我就会掩饰不住我的厌倦,我没有那种把一个事实拿出来反复推演阐释的耐心,聊到最后,都是我假托有别的事儿,赶紧挂了电话。

这才没过去多久,最多一个月吧,他又电话来,这次倒不是聊感情,只是声音平静地跟我说,他现在在卖飞机，私人飞机，问我有没有客户推荐，如果有的话，他可以给我发个介绍文档。我在电话里半天没有接上话，然后我把他骂了一顿，卖飞机找不到客户就算了，还找到我头上来？我他妈要能认识买得起私人飞机的人，我还跟你玩啊？我家里什么成分早跟你说过了吧，你不要瞎搞了，要么到上海来，我帮你介绍个工作，没钱了我先借给你。

现在想来那便是第一次借钱，如此说来，还是我主动借的，是我不好。那次电话后，我给他打了一万块，我用的招商，他用的农行，异地跨行还收了我一笔手续费——我那时就没在上海见过年轻人日常用农行的，所以印象很深刻。我那时的工作和生活是不错的，阀门卖得好，我每个季度都有奖金，出差还有出差补贴，有时补贴都要超过工资，我也飞成了东航的金卡。

知道唐萌有男朋友之后，我回上海就买了房，有点半赌气的性质，但事后看，上车上得很对，那套期房付钱的时候只有8000，等到交房，已经涨到一万六了，而且女朋友也搬来跟我同居（没有像喜欢唐萌那么喜欢，但也还行），我有了一种生活从此上了轨道的幻觉，所以我觉得我有拉一把周晓天的义务，就像年轻时他在讨论版里拉了一把我。

况且，我深深地觉得，周晓天是个非常聪明的人，他绝不至于把自己混成那样，都是感情闹的，都是陈曦害的。感情，那是天才之弱，可以原谅，再说陈曦，这女人没胸没屁股，像个小猴子，可爱是可爱，但是有什么魅力啊，把我们周晓天害成这样，真是罪无可恕。从另一个角度看，周晓天逻辑清晰，出口成章，凡事极有主见，看问题总能切中要害。

他的诗并不简单，能写出那种句子的人，一定是个了不起的人。

天才的印象，穿越早年的云烟，一直延续到了此刻，此刻轮到我在电话里慷慨陈词，他沉默了一会儿，仿佛被我打动，答应来上海。

3. 美好时光

上海,上海啊上海,上海是个多雨而狡猾的城市,它总是周一到周五晴好,周六周日下雨,这样的城市,摆明了就是上天安排好了让人们上班用的,不客气地说,连台风也遵循这个规律。有时你会觉得它是个生命体,是个带点恶意的玩笑,比如这天,周晓天要来了,那是个周五的下午,小轿车们塞满了高架桥，前一秒还阳光灿烂，之后突然开始下雨。这雨一看就不是阵雨，是那种上海最常见的一下两天的周末雨。此刻，我正因为一件公事要从位于郊区的公司去到市区。

那是这个城市发展最快的年月，但除了灯火辉煌的市中心，它仍旧有广袤的郊县，后来这些郊县又渐渐变成了它的区，我们公司便在南部的一个区里，而我就近住在了公司旁边，平常我并不常到市区来。

事实上，我对于市区的热闹有一种厌烦，这种公事往常我会想办法推掉，但这一次因为同事休假而不得不掉在我头上。我心里觉得，周晓天的到来是件大事，需要我平心静气地处理完工作，然后在家默默等他前来。

到时我会推开窗户，给他看一看这个郊区，远处是烟囱、树木、河流、工厂、船舶，更远处，我们看不到的地方，是古代就存在的村庄。不要小看这里的村庄，按照历史的记载，这里是富庶的江浙，它已经富裕了一千年，尽管这看起来和今天的我没有什么关系，但能够给我一种若即若离的勇气：我，以及我的朋友们，都是外来者，外来者和本地人最大的不同就是我们天生带着一种旅行者和观察者的态度。我觉得这种态度是符合天道的，因为人本来就是天地间的旅客，带着这种态度生活，你会将一切困难都视若等闲，这对于我们这些脚不着地的人异常重要，因为没有勇气，也就没有了一切。

上海的郊区是一个常让我想起古代的地方，因为如果没有方便的交通工具，从郊区到市区，便会是一件需要多加筹划的大事，我们得和对方书信来回，准备马匹和盘缠，总得到秋后才能出发，然后历经千辛万苦，才能见上一面，就像雪夜访戴那样——总之，不用非在今天，我远方的朋友要到来的今天，我却在外奔波。

这一天，我得在市区辗转四到五个地点，临近傍晚的雨水带来了堵车，打乱了我的计划，使它显得困难而令人烦躁——我甚至已经看到两起碰擦事故了，可我还有两个地方要跑，它们一个在嘉定，一个在五角场。最沮丧的时刻，我开始觉得，全世界的车祸是不是都集中在大城市的中心了。不过，在我终于发现自己无法在晚上按时回家时，我也收到了周晓天的消息，还好，雨水使飞机将要晚点，他到上海估计也是深夜。这个消息终于使我平静了心绪，我干脆给他电话说，你也别来我家了，太晚了我女朋友不方便，我给你订个房，我家边上的汉庭，你先住进去，明天我去接你。他答应了。

而我终于在晚上10点前赶到了家，只来得及和女朋友一起简单地把客卧收拾了出来。我的女朋友，小静，是一个从事着比我还男性化的工种的女生，她在张江高科技园区上班，是一位产品经理，她周六还得加班（那时还没有996这个词，但她就是在996），因此第二天是我独自赶去了那间汉庭酒店。

由于长期生活在上海，我反而从来没有在上海住过酒店，因此我对这些酒店都饶有兴趣。见到周晓天的时候，他敞着酒店的门靠在窗口抽烟，我第一句话就是，这酒店在我家边上但我一次也没来过，也不知道都是什么人在住。

周晓天笑着说，就是我这样的人啊。我说，我上楼梯的时候，看到了几个中年人，看着不像是旅游的人。周晓天把烟掐灭了说，我知道你说的是谁，就在我对门，这一层根本没人，应该只有他们，他们打了一晚上牌，估计是赌钱的。我说，那就对了，想来也就是他们会来开房。周晓天说，怎么会，我觉得这里要住店的人应该很多才对。我说，不多的，这里是个没落掉的上海的卫星城，不往这边发展了，来的人很少，上海的南边发展停滞很久了，都在往西边江苏那边扩展。我又问，你没有投诉他们吗？投诉？周晓天惊讶地看看我，为什么要投诉？我没再继续这个话题，又和他闲扯了一番，就一起退房去我家。

中午吃过饭，我和周晓天在电脑前打了一下午游戏。等到小静回来，大家寒暄一番之后，我们到小区边上的饭店去吃饭,不想周六晚上的饭店都排起了长队,即使我们这个没落的小镇也不例外。我只好跟周晓天说,上海都是这样的。

最后我们在饭店炒了几个菜,又买了些熟食回家吃。待到在家里的饭桌上坐定,也许是没话找话,也许是为了活跃气氛,小静突然问了一个问题,咦,你没有什么行李吗?不是要在上海找工作的吗?我这才意识到,周晓天似乎只带了一个蓝色的背包。他说,噢,我就这点行李了。我愣了一下,作为一个男生,我还是太粗线条了,我竟没有注意到这一点,为了表示自己对于自己朋友的了解和关心,我追问道,只有一个包?你是东西还丢在当年武汉的房子里吗?周晓天依旧淡定地说,没有,武汉那个房子不是我的,只是宿舍,我东西少,我就这点东西。那北京呢?北京也没有什么东西。我没有再问下去,本身我对这个也就不是很在意。

周晓天很瘦,很高,今天,他吃我日常吃的食物,我就发现他吃得也很少。这家店我和小静常来,我们打包的时候按照我们的菜量,又估摸着多加了一个正常男性的菜量,结果菜剩下了很多,他几乎什么也没吃啊,只是一支接一支地抽烟。但他并没有闷闷不乐,眼里闪着愉快的光,跟我说东道西。关于他有没有吃饱的问题,我问了两次,小静问了三次。他都是真诚地说,很好吃,但真的吃不下了。小静应该是没有遇到过这种类型,等周晓天去洗手间的时候,跟我说,天呐,他是个神仙吗?我哈哈大笑。小静撇着嘴,把那些椒盐排条、水煮肉片之类的东西都一一收拾掉。

晚上,周晓天打开背包,开始将自己的东西归置进客卧,小静也详细跟他介绍各个房间、家里的食物储备和设施用途,诸如龙头往哪边拧是热水,哪条毛巾和牙刷是给你准备的,零食都藏在哪里之类的。我好奇地跟着看,这是我们第一次这么隆重地待客,我也第一次意识到我居然对家里的一切一无所知,以及我真的是被小静照顾的。

周晓天像一只长手长脚的蜘蛛,轻轻地在我家的水面上掠过,你能感知到他的存在,但又总觉得不真实,他迅速地融入进来了,没有一丝别扭的地方,相形之下,我觉得自己更像个沉重的走兽,不论经过什么地方,都留下一塌糊涂的刻痕。事后回想,我觉得那段时间不知不觉中我的食量都变小了。晚上关了灯,我和小静起初没有说话,我以为她已经睡着了,但过了蛮久,她突然默默地说,张翔,你这个朋友,生活能力比你还差,真的不愧是你的朋友。我心里想,这不叫生活能力差吧,这叫不关心生活,但嘴上说,我之前也不知道他是这样的。小静说,男人这样也没什么不好。

周日上午,我们睡了个懒觉,醒过来的时候,看到客厅没人,就去敲客卧的门,发现周晓天已经出去了,但满屋子的烟味,也没有开窗,地上遍地的脚印和烟头,电脑还开着,桌边上有个可乐罐,烟灰缸也满了,床脚的被子上有一片脚印样的污渍,那个背包口敞着,已经空了,边上掏出来三本书,我拿起来看了看,一本还半新的《南明史》,一本英文版的《千高原》,一本旧的老版的狄兰·托马斯诗集(那种80年代初出版的没有署名的集体翻译作品,里面的翻译有一种没有个性的精确)。小静在边上,看看那些书,又看看房间,脸色有些差,说,脏是真的脏,有文化也是真的有文化,他应该穿着鞋上床了,而且他包里其实就三本书,连个换洗的衣服都没有。我没有说话。

愣神的时候,周晓天在外面敲门,叫着我的名字,我们开门出去,看到他买了一堆东西进来放在台子上,说,我起得早,给你们买早饭去了。我们看着他,又莫名有些感动,小静说,谢谢你噢,辛苦你了,张翔从来都想不到我要吃早饭的。周晓天说,没事儿,应该的,是我麻烦你们了。

我想开口让他进卧室换拖鞋,也想提醒他不要乱扔烟头(明明有烟灰缸),但不知为什么完全无法开口，我意识到自己这么做就会分化我们之间的阶层和友谊，是否我已经开始适应这种中产化的生活方式。我想起我们过去在论坛的诗作后面讨论《在路上》《达摩流浪者》和垮掉派，分享艾伦·金斯堡朗诵《嚎叫》的录音，想起他给我听大门和 jim morrison 的歌，给我看私下打印出来的巴列霍，我当前所接受的这种生活也许是错的，我显得太努力生活了，我应该抛下眼前的这一切，把这个郊区的房子卖掉，然后买一辆二手美国车，带着周晓天和小静到寒冷的北方去找萨满追问生活的真谛。

如果没有小静也没关系，如果早年那些论坛还在的话，我们还能找到成群的愿意跟我们一同上路的女孩子，她们一定不是幻影，只要一场合适的演出，一个暗号正确的聚会，就能把她们从四面八方召唤出来。

周晓天不知道我在想的这些东西，他对我似乎没有我对自己的这些要求，坐下来的时候，他静静地跟我讲南明史，又延伸到当前的中国社会和政治。我们讨论南明军队在江浙一带的抵抗，然后在音乐声里读狄兰·托马斯，他声音温和清澈，是最适合朗诵的一个，我没来由地想到也许俄语的那些大师作品也是适合朗诵的，但我们总是无法从译文中感知这些，然后我们就聊到了白银时代的几位诗人。而《千高原》我则完全看不懂,他也没有多说什么,只是说,看不懂也完全没关系,你索性把它当音乐,当艺术作品,想起来了就随便翻翻,这本来就是一本没有限制的书。

一天的时间就这么过去,到了晚上,早早在沙发上睡着此刻才醒来的小静,以及说了一天话的我和周晓天,都变得没什么食欲,最后还是小静煮了三碗泡面,让我们混着青菜吃完。只不过一天,我们仿佛离外面的世界更远了。到了晚上睡觉的时候,小静又发话,他还是没有洗澡。我说,我觉得他不洗也没关系,你觉不觉得,他像个苦行僧人,他并不显得脏。小静说,大概明白你的意思。我说,人吃肉才会有味道的,我从小吃肉我知道。这些东西会让人分泌旺盛,浑身是味道,一天不洗澡就热燥难受,但是他,你不觉得他是一个清心寡欲的人吗。小静说,完全不洗也不太可能吧,我们可以打个赌,看看他到哪天会自己洗澡,或者起码洗个头。我说,好,我觉得他一个礼拜之内会洗的。小静说,三天。

周一小静上班去了,我周一轮休,上午起来后,就能和周晓天聊一些别的:女人不在场的时候,我们才能聊聊女人。

在我刚毕业,周晓天还在武汉的时候,我曾去过一次这个城市找他。那时的他挤在一套不甚合身的制服里,他过于高也过于瘦了,完全撑不起那身衣服,只会让人第一眼就想起茨威格笔下穿着军装的里尔克。最初的聊天是他跟我解释机师和飞行员的不同，我听了之后说，似乎我这个专业也能干你干的那些活儿，他笑着说，你干起来可能会有些吃力。之后是他带着我去走武汉的一些景点，一些类似上海外滩区域的建筑，人满为患又非常无聊的黄鹤楼与晴川阁，之后他的一个同事加入了进来，是个叫 Rio 的小胖子。

周晓天说，我对于武汉哪里好玩实在是一窍不通，觉得不太好意思，也不知道怎么招待你，Rio 是我们单位最会玩的人了，我邀请他来给你做导游。我说，Rio 不是一种酒吗？ Rio 笑嘻嘻地说，不是，是我最喜欢的 AV 女优。我哑然失笑。Rio 带着我们去吃热干面、豆皮之类的东西，晚上则在一些小街的西洋风情的啤酒餐厅里坐着，到了更晚一些的时候，Rio 问，走了一天累不累，要不要去做个足疗？我们不疑有它，欣然前往。

直到和一个妹子在暗了灯的房间里坐下，她按完了该按的地方之后，我才意识到这并不是个常规足疗的场所。出乎意料的，我第一时间并不是在意自己将要如何如何，而是在想，周晓天是否也落入了相同境地？说真的，我不是第一次面对这种境况，毕业之后，由于一直在商业活动中辗转，我也早早就定下了要与魔鬼打交道的信条，但我不确定隔壁的周晓天要如何应对。

对于肉身沉重的我来说,用这样的方式结束一天的劳顿还不坏,我也终于明白了所谓"我们单位最会玩的人"是什么意思,他带我们两个呆鸟走进这个足疗会所的时候一定是憋着一腔坏笑的。周晓天在单位的形象是可以想象的刻板,今天,因为我的出现,Rio 以及他背后的一些人(如果有的话),是否算是找到了周晓天的一丝破绽?

这种人际关系复杂的国企我略知一二,周晓天如果将 Rio 视之为朋友的话,我可以理解,Rio 在他的理解中是某种类似于嬉皮士之类的人物,能够带来轻松和愉快,面对社会游刃有余,但我几乎可以断定,Rio 绝不会以同等的方式,带着尊敬地看待周晓天。在胡乱的猜测中,我结束了一场绮梦,走出了那个小房间,周晓天和 Rio 在外面换鞋的地方等我,Rio 笑着说,没想到你是时间最久的一个,周晓天拍拍我的肩膀,说这次招待得不错吧?我说,简直出乎意料好吗。不过需要指出的是,这次三个人足疗的费用是我出的,买单的时候,Rio 和周晓天很自然地把我让了出来。

事后,我们都对这次经历避而不谈,但却可以更坦诚地聊聊自己的女人。他开始跟我更加具体地说陈曦的事情,而我能够和他聊一聊唐萌。我跟他说,现在唐萌是我稳定生活里唯一的反动派，我被小静照顾得有些发慌。

小静，是个非常稳的女生，这一类女生有一种共同的特征，她们在一个稳定的生活空间里长大，没有离开过当地，按部就班，有着不错的学习成绩、几句话就能探到底的生活轨迹，从她就读的小学、中学就能看出她所处的社会阶层，从她的大学能够推出不出意外的话，她之后会拥有何种生活。她们的生活里，不可变的部分犹如 1+1=2，除了下班时间不固定，其他的一切都是规律的，在哪里剪头，买哪几个牌子的衣服、化妆品、洗漱用品，每月要攒多少钱，哪天来大姨妈，哪天腾出时间跟我做爱，哪天固定要回一次她家看妈妈。这样的日子，我觉得她可以一直过到 100 岁——她的月经 40 天一个循环，这样的女性据说也非常长寿，而她健在的、即将百岁的太婆也证明了这一点。

有一个小静这样的女朋友，是我前世修来的福分。周晓天对她有一句她不知道的评价：她在你面前是透明的。是的，小静是透明的，我几乎知道她的一切，她的手机也永远丢在茶几上一个固定的竹筐里，没有密码，社会关系单纯得像一汪清泉，时隔多年，我甚至还记得她那时在一号店的工号，我认识她所有走得近的同事。

但我是浑浊的，我的生活里有唐萌，有周晓天这样她理解不了的人，还有其他各种乱七八糟的东西。周晓天在的那段时间里，她试着翻开过那本德勒兹的书，她英文也不错的，但是还是吐着舌头说，真的看不懂。

看不懂，是她对我世界里的东西常有的评价，周晓天，周晓天的书，都是此类。但是她却被我吸引。我身上的这些看不懂的东西其实是危险的，但那时我们都不知道。我没有跟她说，其实我也看不懂，但我会装懂，把周晓天的读后感当成自己的说给她听。我想这就是我们三个人的区别，周晓天是真懂，他走在他的路上，小静是真的不懂，也承认不懂，她也走在她的路上，只有我，不懂装懂，脚踩两边，不知道最后会不会被生活撕成两半。

4. 海的深处

周晓天并没有花太多精力去找工作,他用自己的标准尝试着一些在我看来没有什么意义的机会。他希望自己工作的地方就在镇上,但我觉得这里完全不可能有适合他的岗位,他甚至去问过滨江公园是否需要一个巡视者,理所当然地被拒绝了,开什么玩笑,滨江是有中国特色的社会主义经济试验田好吗,即使远在南郊，那也是上海，早就是物业公司统一管理的时代，哪里有这种随随便便的空间。而且他们对于一个北航毕业的高材生愿意干这个充满了怀疑，根据周晓天的反馈，他的面试经历开始像盘查，之后像劝善（这么好的学校毕业要上进之类的），最终也不过是给人家徒增笑料。

唯一的收获是，他在公园物业隔壁发现了一个洗衣店，然后告诉了小静，因为小静抱怨过好几次，家对面的洗衣店不行，他表示愿意帮我们把衣服送到较远处的这个洗衣店，反正他也没什么事。他在两个星期后第一次洗了澡——除非我们漏掉了他之前偷偷洗了的一次，但之后这个频率固定了下来。两周一次，他并不因此显得比天天洗澡的我们要脏。

小静不在场的时候，我问过他还有没有钱，他总是说有，我借给他的还没有花完，因为他吃得少，我和小静多煮一碗饭就能养活他了，我也就没有再多说。他花钱的地方也就是买烟，和去我家附近的旧书店淘书。他又买了不少书，我问他，你以后走的时候带得了吗？你包就那么大，他说，噢，这些书都很不错，我看完了就留给你吧，你可以看一下，都写得很棒。

这些书都很旧了，有亨利·詹姆斯的《一位女士的画像》，海因·里希伯尔的《莱尼和他们》，果戈里的《死魂灵》，早年断裂丛书出的吴晨俊的《明朝书生》（封面被撕掉了），朱朱的《皮箱》，张南庄的《何典》……它们被我堆在书架上一个特别的区域里，一本本看了过来，边上是小静大学时的笔记和教材，经常性的，我看着两种书，它们待在一起，再次感到自己已经被撕裂。

而周晓天的工作最终以一种出人意料却又在情理之中的方式定了下来，他旧书店去得多了，最后就问那个老板要不要店员，老板答应了下来，他回来后告诉了我和小静，老板给他2000块一个月（不交社保只拿现金），他会出600给我们算房租，剩下的1400算是他每个月的收入。

我和小静瞠目结舌，这是2007年的上海，他一个北航毕业的大学生，过来找工作，最后的选择是这个？但我们没有多说，因为通过这段时间以来的相处，我们觉得这样也是合理的，因为周晓天真的不需要更多钱，我相信，我问他要800块房租，甚至1000块房租，他都会给我的，另外600这个数字，我相信他也不是随口提出的，应该有参考过门口中介公司贴出来的房价，在我们这个远离市区的城郊，确实合租的单间也就这个价。对于他的选择，我们没有多说，起码对于我来说，留着他在我家里陪我聊天还是个挺开心的事儿。所以我们最终也没有接受这600块。

未来会怎么样？我们都还不知道。人不可能不想这个，然而也经常想不清楚。周晓天在我家的日子里，时间是被调慢的，这也是他离开之后我才意识到的。那些日子似乎被切碎了，晴天里，从树叶间隙照下来的阳光，雨天里，凝固在窗户玻璃上的水滴，周晓天说话时喉咙里发出的共振，小静在洗碗池前晃来晃去的样子，都随着时间的流逝愈加清晰。我是在周晓天来上海前的那一年里学会开车并获得驾照的，但那时我还没有钱买车，在他来之后小半年的时候，我才买了一辆同事的二手polo。

车刚开回来那天，我远远地看到周晓天和小静坐在小区门口的石墩上，太阳很好，他们看起来也很快活。我按了按喇叭，他们抬起头冲我招手，那一瞬间我觉得自己像个国王，我们迫不及待地要开到远处去转转，经过在车上的协商，我们打算一直开到上海南边的海边去。这对于一个新手司机并不是一个友好的决定，但我掩饰住了自己的紧张，倒是他们两人，没有谁表露出过一丝一毫的犹豫和不信任。他们的坚决给了我勇气，我悍然带着他们俩上了高速。

路上小静说，不知道海边有没有海鲜，周晓天则在尝试用CD机放点音乐，"六十年代的美国歌还是七十年代的英国歌？""都可以啦，都可以。"我们摇头晃脑着。而我只觉得，为什么地图上看起来那么近的海边开起来却要这么久。而且，高速两边破旧而败落的郊区建筑群很难让人相信这里是海滨。我之前去过三亚和青岛，要知道中国城市的那些海滨景区都是新建的，常常显出堂皇来，而这里完全没有。

终于，在下了高速之后，农民们自建的住宅开始消失，开发商们建设的住宅和房产广告开始出现，路面露出修葺的痕迹，这里开始变得像我理解的那种"海边"，甚至路旁开始有一些移植过来的热带树种，但它们不像在热带那样干净，而是叶子上落满灰尘，比起我们三个更像是游客，让人怀疑它们一转眼就会消失。

那几年，论坛已开始没落，渐渐近乎于完全消失，我有时会去黑蓝逛一逛，周晓天则只把自己的新作写在笔记本上，或者选一些发自己的 blog 上，但他并不热衷于更新，他的诗作依旧锐利，一点点拓展着语言、音韵和想象的边界。

那时，blog 也经常动不动就关掉，或者服务不稳定，据说是因为政策的原因，可看起来更像是缺钱，旧的泡沫碎掉，新的泡沫浮现，我们来不及反应，像捧着一只旧蛋不知何去何从的母鸡。辗转了博客中国、博客大巴、新浪、搜狐之后，周晓天在一个贴影评的社区里申请了一个个人博客，将自己的诗作以及读到的他人的诗作，还有一些短的诗论重新贴在里面,这段时间,他都是用我那台不用的台式机做这些事情。

每个人的电脑都像一个深海,我能够看到他与我有完全不同的上网习惯,他听的歌,看的文章,停留的地方都与我不同。其时,不知是有意无意,他在 blog 世界里发现了一个匿名的女诗人,我们都曾热衷于这样的事情:"找到那些躲在角落里匿名给世界写信的人"。

这个女诗人,除了一个侧影的头像能表明性别之外,没有透露任何信息,只是在白底黑字的网页上一首一首地写诗,这个博客页面的模板从来都是以复杂和难看著称的,所以这种素净应该是经过了有意的调整和设计。

女诗人写她在山区的游历,写她养花,像一个落单的外星人在地球养花,写她去中国的南部,被雨水困在一个内陆省份的边境,那里的村庄有来自远古的名字,也写她生育了两个小孩,如同在苍白的布匹上织锦……从这些碎片般的幻象里,我们能够看出她曾在大城市生活,不知道是北京还是南京(这两个地方的景物被提及),但现在定居在了西南的某个小城,她日常、凌乱的生活被幻灭笼罩,像一个被皇帝贬谪的书生。

她的写法吸引着我们,她是谁?她从哪儿冒出来的？那段时间里，我们一直在讨论这个。在海边，在那个长堤上，我提及她也写过海边，并提及了毕沙罗，仿佛在追忆往事，周晓天点头，说起她偏爱用这种语气写作。小静跟着我们，听我们讨论，没有作声。那时我没有在意过她怎么想，后来她试图到远处的建筑物里去买水，走远了。

这里的海边看不到海，只有沿海的滩涂，能够看到海在更远处，之间还有枯黄的草和垃圾。远处确实有一些低矮的建筑，上面的字迹显示有便利店、烧烤店、海鲜排档、本帮菜馆、泳衣专卖、游艇租赁……因为小静走过去了，所以我们远远地跟着她，也朝着那个方向走，最后我们发现她停了下来，然后意识到那些店统统关掉了，这里游玩的人不多，但都只能渴着，这让我们惊异，整个天地间只有不远处白色的高大的钢铁风车在缓缓转动。

小静回头大声说，那个风车也许是用来发电的，我和周晓天都没有搭话，我想回应点什么，但是没有成功。我们还在走，这里真大，像走在废土电影的戈壁里那样，明明走了很久，却像是还在原地。"或许如同多年以后，你要用很深的耳朵听我"，我想起女诗人博客标题下面的那句话，也想起后来周晓天把她的诗都选出来，准备打印成小册子，这句话会放在封底，而扉页上写着，"将来也不要难过"。

周晓天在北京的时候,我带着他见过一次唐萌,我们约在望京附近的一个没啥人的餐厅,吃的是重庆火锅。那是个夏天,唐萌有些闷闷不乐,但我不知道为什么,她也没有告诉我,周晓天默默地冲唐萌点点头,算是打过招呼,其他就再无表示。

可以看出,他们似乎对彼此都没什么兴趣,我觉得又失望,又安心。唐萌身上有一种我非常喜欢的气质,我无数次地和周晓天说过,现在想来,那是一种不可能在男人身上出现的,但却又非常男性化的气质。她的姿态因为长期的舞蹈训练而显得优美和舒展,但又不显得柔弱,她并不经常能扰动男性的荷尔蒙,因为就唐萌身边那些跳舞的女生反映,"追她的人其实不多",确实比她柔美、比她招男人的在组合里另有其人。

然而这种气息总是吸引我想亲近,那种亲近更接近一种接触的欲望,而非一定要占有。我为她写过诗,想象我们在一个钢筋水泥打造的后现代城市里生活,住在高高的楼房顶部,相拥在一起,看窗前掠过的飞机,内心深处,我们是两个机器人,正在通过爱情尝试碰触人性的本质。周晓天看了之后说,挺好的,但问题也是你一贯的问题:这么大信息量的东西也许处理成小说更好,而这句话后来不断在我脑海里闪回,像是被植入在了某个深不可测的角落,成为我后来彻底放弃写诗的开始。

今天,我原本希望借着见面,让周晓天当面看看唐萌,我有一种将她介绍给自己亲人的感觉。然而,从在餐厅里坐下来开始,他们之间的气氛就完蛋了,服务员拿来菜单让我们点菜,唐萌选了锅底,然后希望我或者周晓天能够点菜,我以示客气地拒绝之后,周晓天也拒绝了——他当然不会在意吃什么,可那时我还没有注意到,天知道我那时的脑袋里整天都在想什么,唐萌也愣在那里,为了缓解尴尬,我重新接过菜单,选完了所有的菜。

之后,唐萌在和我说话,周晓天在神游,他竟也没有跟唐萌多说,唐萌也乐得忽略了他。火锅店本来就喧闹异常,除非你把手机丢进火锅,否则无法强迫别人多看你一眼,那天全程就变成了我和唐萌两个人吃吃聊聊,周晓天全程在边上看着,现在回想,你根本想不起来周晓天有没有吃什么下去,放在古代他是个适合派去给敌人下毒的使者,放在今天,人就会觉得他怪,没有情商,没有社交礼仪。

那天有关他的细节,只有一个,唐萌吃得不多,却喜欢喝火锅汤,她一勺接一勺的,这可是重庆火锅的辣汤,我犹豫着问,作为一个舞蹈艺术家,这样喝火锅汤真的可以吗?里面全是油和嘌呤啊,不会发胖不会痛风吗?我看到唐萌翻白眼,然后周晓天在边上笑，笑出了声来，那个突然的笑声诡异而大，几乎引起了邻桌的侧目。这便是我能确认的唯一一次我们三个人共同在场的聚会，除此以外的细节都变得模糊不清。

吃完后，唐萌离开，我和周晓天去他住处，路上，我试图让周晓天评估一下唐萌对我的态度，比如我还有没有机会跟她在一起，要不要为了她辞了上海的工作，彻底到北京来。那时我其实已经认识小静了，但还没有完全确定关系，我那个期间相亲了很多女孩，但都抵消不了唐萌对我的吸引。我更进一步的想法是，也许周晓天能够跟唐萌混得熟一些，然后可以为我经常性地通报一些唐萌的近况。

我把这些想法一股脑地倒给了周晓天，但他说，不行，她完全不适合你啊。我问，为什么？周晓天支吾着说，不是，我不知道你喜欢她什么啊？就完全跟你不是一类人。我又问，是吗？我是哪类人呢？周晓天说，这个叫我怎么说呢？你还是适合安稳一些的女生吧。我说，唐萌有什么不安稳的？周晓天说，她看起来不像是很快就要定下来的那种女生，大概也忍受不了跟你一起生活，而且你不能只看外表啊。我叹了口气，说，你不是也到北京来找陈曦的吗？周晓天说，我那个不一样，完全不一样，我和陈曦是有很大的可能性的，我们有感情基础。我说，有什么不一样，其实都一样。周晓天说，不聊我了，毕竟我和陈曦已经彻底分了。你还是好好在上海找一个吧，唐萌还是算了。

我撇了撇嘴。什么彻底分了，只有我这样的人，才会在和女生的关系里到达"彻底分了"的地步，因为我的分手，都是以老死不相往来为结局的。而周晓天不然，就我所知，他和每一个前女友的关系在我看来都非常奇怪。他们在分手后，都维持了一种清浅的友谊，即还能聊天、帮忙，见面也不尴尬，这在我看来都是我不能具备的能力。

需要额外提起的是，因为时间过去了太久，我还有一段似是而非的记忆，我后来回想过很多次，但是仍旧无法想起这是梦境还是真的发生过。

这仍旧是一段我、唐萌、周晓天一起吃饭的记忆，吃的也是火锅，还是在那个火锅店，我记得我出了很多汗，唐萌除了喝火锅汤，我还记得她叫了一瓶白酒，我很少见到我们这一代的年轻人喝白酒，尤其是女生。我们是 70 和 80 年代交界处出生的人，我们的父母都是 50 后，50 后热爱喝白酒，我们的家里想来都有一个酗酒的父亲或者母亲，也许都没少挨喝醉的父亲的打，说真的，这么长大的年轻人怎么会喜欢白酒呢？

我问了唐萌，我说我觉得这很奇怪。唐萌说，啤酒太胀肚子,我又不喜欢红酒的味道,只好喝白酒啊。那个火锅店提供的是一种内蒙的白酒,有60度,我在北京之外的地方再没有见过,唐萌喝了小半瓶,我喝了一杯,周晓天也喝了一些,但他喝酒上脸,不一会儿脸就红彤彤的——之后我接着酒意,在桌子底下拉唐萌的手,并提出晚上要不要去你那边玩儿?唐萌推开了我,挑衅般地说,行啊,然后抬头问周晓天,你要不要一起来?周晓天愣在那里,我则如坠冰窟。

之后的场景与另一段记忆一致,就是唐萌自行离去,还是我跟着周晓天一起去他住处,周晓天劝我放弃与唐萌的关系,因为"她都喝成那样了也不忘记拒绝你,你还是算了吧"——我们都是那种,帮别人解决问题时如有神助,自己的事情搞得一塌糊涂的类型。我确信我们三个只吃了一次饭,又确信这些场景并非同一时空里发生的,那么这一切除了是噩梦,我也找不到别的解释了。

> 5. 异国来客

　　周晓天从武汉到了北京之后跟我电话提及,他和陈曦之间那时有了一个外国人叫托马斯,他跟着陈曦见过一次,是个从英国跟到中国来的老头,说起来四十多岁,但看着就是个老头。

　　他说老头是陈曦在伦敦时认识的一个大学导师。我马上就反应过来,这个老头和陈曦的关系不一般,而且责怪他怎么现在才说。他则竭力想使我相信，陈曦和托马斯只是单纯的师生关系，托马斯是来中国做访问学者的，他也是随便跟我提一嘴。我说，你实在太天真了，这事情肯定没有那么简单，这样，下次我去北京，你叫上陈曦、托马斯，我们一起见一面。周晓天对我的判断不以为然，但还是答应了。

说起来，那是我和陈曦第一次见面。我在首都机场进城的高速上，望着漫天的柳絮给周晓天打电话，电话说到一半，边上传来女孩子爽朗的笑声，接着周晓天笑着说："曦曦要跟你说话。"我说，"好啊。"接着那个女声离话筒越来越近，那真是个热情的女声啊，一下子打动了我，真的非常热情，有些太热情了，带着京腔，带着一种冲破我日常的、南方的潮湿和纠缠的力量，后来我和陈曦又有了很多交谈，但留下的印象都不如在电话里的这第一次接触。

她说，张翔，张翔，快来呀，周晓天一直说起你呢，他最好的朋友我都没有见过，真的是太过分了，哈哈，不过我看过你照片！我愣住了，啊？照片？什么照片？要知道，那时并没有智能手机，我们都没什么照片的，我一时想不起她为什么看过我的照片。陈曦笑着说，不要紧张，是一张证件照而已，你发给周晓天的。

我这才想起，周晓天到北京找工作，连个简历都没弄过——他去东航是学校安排的,我把我的简历发给他参考,看来他把我简历上那张1寸照片给陈曦看了。我说,啊,证件照多丑啊,周晓天你完蛋了。陈曦说,不丑不丑,晚上就见面了,你快来快来!周晓天拿回手机说,简历不是我给她看的,她自己翻我电脑看到的,怎么样,这个女人是不是很吵,一个人像一群鸭子。

我拿着电话笑,听到陈曦也在电话那头对周晓天喊,你给我滚。他们的热情感染了我,一直抗拒跟司机聊天的我,那天跟司机师傅也说了不少话,他心情愉悦地把我送到了一个位于三里屯附近的威士忌酒吧附近——别问我酒吧名字,我已经忘记了,我连酒店都没有去 check in。

那地方在一个小马路上,理所当然很堵,需要我在大马路上下车然后步行越过几条胡同方能到达,它开在一个 loft 的三楼,傍晚时分,空气里弥漫着不知从何而来的各种食物的香气,我饥肠辘辘而又兴奋地走在路上,仿佛脑子里有一群伴着音乐飞行的鸽子。

酒吧装修得很好,没有荒腔走板的感觉,音乐也不讨厌,看起来档次不低,我觉得这一定是陈曦选的,不是在国外长期待过的人没有这种品位。但酒吧里人很多,我绕了一圈才看到他们三个人挤在一个小台子前面,周晓天最先看到我,他冲我招手,接着我看到了打扮入时香味扑鼻的陈曦，她看起来潇洒极了，边上的外国大爷托马斯则最先伸手过来说 how are you，我则留意到明显陈曦更靠近外国人。

但在我感受到久违的热情之余，心里还是不禁咯噔了一下，也没啥，主要这里实在不是个吃饭的地方啊，这是人家吃完了来聊天的地方，可我又是这么的饿，我本想说我出去吃点别的再来，但又觉得失礼，于是我叫来酒单，打算实在不行就先饿着肚子，空口喝酒，不料一看发现酒还挺贵，我晓得周晓天现在的经济情况，就没好意思多点，于是，那晚的场景就变成了，我吃完了点的一份鸡翅和薯条之后，努力地一盘一盘吃附送的花生，然后一小口一小口抿那点可怜的威士忌。

托马斯的中文不好，陈曦和他一直在讲英语，她当面时的热情反而没有在电话中的多，让我觉得我们还是不熟，托马斯看起来也不是那种很自来熟的人，比我们还拘谨，周晓天和他俩坐一块儿，偶尔插话，而我被安排在他们对面，像个又累又饿的杀手，我只想杀了他们吃肉。

等我终于吃花生吃饱以后，我开始留意观察他们，我看到托马斯伸手很自然地揽了好几次陈曦的肩膀，陈曦也没有任何抗拒，而且好几次说话嘴巴都要碰到对方耳朵了，周晓天仿佛全然不在意。

托马斯和陈曦啥情况，我觉得我就是个傻子也看明白了，但这种场面我也不晓得跟周晓天怎么说，越待越觉得傻逼，过了十点我给唐萌发消息说，我在一个特别傻逼的局里，而且我酒店离三里屯非常远，我能不能去找你？你那边方便待一晚吗？过了一会儿，唐萌给我回了一个，好，今天可以。

　　我本来没抱啥希望的，我寻思唐萌是不是跟男朋友出啥问题了，我以为那是我悲惨夜晚的拯救，于是坚决地告别了他们，打车去找唐萌了。我的想入非非在这一路上都在往欲火转化，我觉得今天可算有个奔头了。完了我还是觉得替周晓天不值，可又恨其不争，不知道该和他说啥好，手机短信打开三次又关掉。

　　从三里屯到唐萌的住处并不远，敲开门，我看到唐萌没有化妆，穿着家居服——虽然还是很漂亮但却有掩饰不住的冷淡。我瞬间明白她是觉得被我打扰了，我的防卫机制马上也开启到位，礼貌地跟她表达歉意，她给我拿了罐可乐，又在客厅打了个地铺，说，可乐给你晚上喝，男朋友出国演出了，虽然他今天不在，但也不能跟你乱搞，你睡地上吧。

　　我问，为什么是可乐啊？有水吗？她说，宿醉了之后能喝下去的只有可乐，这是我的经验，不要BB了。我只好点点头，像个听话的小狗一样趴下，半梦半醒地睡到半夜，中途还跑到洗手间打了个飞机，唐萌就在紧闭的卧室门那边——那真是我在北京最惨的一回。

周晓天在半个月后，恍然大悟一样地跟我打了个电话，聊起那天晚上，突然问我，你会不会那天有点无聊？我只好说，没有，只是有点饿，我飞机上没吃饭。他接着说，陈曦和托马斯的关系，有点弄不清楚。我冷笑，呵呵，原来你也看出来了？他说，我知道的肯定比你多。我说，你说说看呗？

周晓天说，托马斯人还挺好的，陈曦当年一去英国，他们就认识了。我说，老师睡学生，这好像不太对吧？外国大学应该管得挺严的吧？他说，没有，托马斯那时和陈曦不是一个学校的，也不教她，他们是在大英博物馆认识的。我说，大英博物馆啊，好浪漫啊。

周晓天没有理我的冷嘲热讽，接着说，陈曦那个年纪，一个人被父母丢到英国去，无依无靠的，父母又管不了那么多的，除了给钱什么也做不了，托马斯还是帮了她不少的，算是陪伴她一起长大的人了。

我说，父母么，都是有问题的，不提了，我们的父母不也一样，我们这代人，都有这一刀。不过，我觉得陈曦倒霉，因为我不喜欢托马斯，我看不出他有什么亮点，这不是个我们理解的那种外国人，就，怎么说，我这边供应链的上下游也能接触到一些在中国生活的外国人，一般呢这些都是比较优秀的、敢于开拓的，想来中国闯一闯的外国人，我是没有见过托马斯这一类的，他在中国干什么呢？屁的访问学者，他又不工作，住在陈曦家里，一把年纪了，然后你还觉得他不错？那你算陈曦的什么呢？

周晓天说，我不是这么看这个关系的。托马斯还是跟我们很不一样的，通过观察他，还是能看到很多不一样的东西。我问，什么东西？周晓天说，怎么说呢，身上没有我们那么强的命运感吧。没有说自己一定要干吗，或者一定不干吗，也没有那么大压力，他还在找寻自己真正感兴趣的东西，这种关系，对于陈曦其实也是一种滋养，我没有觉得他在消耗陈曦，而且他也知道陈曦和我的关系的，一直都知道。他也是接受的吧。我说，四十多岁还在找寻自我的老外，只会让我觉得羡慕，羡慕我没有生在一个有资格把青春期延长到这个年龄的国家。周晓天说，你不要这么想啊，其实你也没有必要把自己完全框死在一个地方，你可以让自己自由一些，随意一些的。

我没有再继续下去，而是说，我有些累了，我们下次再聊吧。挂了电话，我想起来自己本来是想劝周晓天彻底放弃陈曦的，但是却再次被他教育了。托马斯、周晓天和陈曦的关系不是我曾拥有过的关系，我甚至还有些羡慕,我觉得我们每个小孩儿,从小到大都被教育要以天下为己任,这好像是中国人的宿命,不管你是原本出身贵族的项羽,还是处在底层的刘邦,只要你心怀天下,仿佛有朝一日就可以建功立业,大丈夫本应如是,我们被鼓励力争上游,似乎从来没有想过,可以像托马斯那样,不负责任地活一下:在四十多的时候,辞掉教职,到中国追随20出头的小女朋友,跟她一起浪费不多的时间。

我还记得那天晚上——北京还没有室内禁烟的晚上,我顶着酒吧里缭绕的烟雾,眯着眼用塑料口语和托马斯简单交流了一下,啊,托马斯先生,你现在在中国干吗?你要待多久,你以后想干吗?噢,哈哈,我还没有想好,我想,我会花一点时间来弄清楚的。托马斯歪歪头,眨着眼睛认真地看着我。

当年陈曦在论坛里发摄影作品的时候,有一个搭档叫东东,东东是个男生,也是当时论坛里最耀眼的一颗明星,他和陈曦一样都在英国留学,所以他一般作为陈曦的模特(或者叫摄影作品中的一部分)出现。论坛里有一段时间传说,他是一个大陆男演员的私生子,并有人像模像样地比较了他和那个男演员的照片,但没有人有实锤,只是更加证明他的帅气,增加了他的神秘色彩。

与那个传说中的演革命历史题材的父亲不同,东东阴柔而美艳，既谈男朋友也谈女朋友，偶尔出手写一些警句式的短小诗歌，涉及的题材、讨论的内容、塑造的景观都带着强烈的异域风情，让人觉得他并非国人，因为这个异域有时是纯粹热带的，带着浓烈的色彩，有时又带着漫长而单调的寒带雨季的风貌，痛苦和欢乐的情绪交织其中，苦涩的意味作为背景出现，地理上则感觉是从马来西亚一直横贯到西班牙，再往上抵达英伦三岛，意象充斥着搁浅的商船，持剑的海盗和金币，长着狗脸的陌生人，他看到感受到的都跟我们长居国内的人不一样（我们只能写国内城乡接合部的风貌，因为那是我们多数人能待着的地方）。

有时他还写雷克雅未克，写冰岛的苔原，他的技法不多，情感并不强烈，但有着直接简洁的笔触和意想不到的结尾。这种写作既显得出挑，也衬托出了不同于一般的家境和见识，在生活版，我们确实能看到他不断地在旅行，这让我常常在想，是否海外的学业真的如此轻松？或者只有他的生活是如此？

而在这些照片里我能够发现陈曦会参与到他的旅行中来，但都是一大群朋友，这种时候，周晓天就会不断在有陈曦的帖子下面出现，发出简单的问候，或者打一个红心。东东经常会讥嘲周晓天，说他尽写一些没用的东西，不如早点琢磨怎么赚钱。事实上，他讥嘲论坛里几乎每一个人，甚至陈曦发自己照片的时候，他也会在下面说"飞机场"。但他的口无遮拦似乎是他的一部分，没有人真的生气，喜欢他的人还是很多。

他会在陈曦的照片里裸露身体，并在跟帖里和大家讨论自己的身材，那些帖子我都看了。那晚见过托马斯以后，我脑中总隐约觉得不对，后来翻了论坛里几乎所有陈曦和东东发的帖子，才看到果然其中有一次出游的时候，陈曦身边站着的就是托马斯。照片里的托马斯比我看到的那个老头要年轻些，穿着冲锋衣紧紧把陈曦揽在怀里。

需要指出的是，那是论坛最好的时候，论坛网友见面，是那时，21世纪头几年，最时髦、最浪漫的冒险，那时流行一句话，说你不知道网线那边是不是一条狗。这个话大家都喜欢用，而忽略了它其实在侮辱所有人。

在我们这个风花雪月的讨论版里，并不全是像我和周晓天这样疏于交际的人。实际上版聚一直在发生，有那么一个热衷于此的群体，他们发出照片来，往往是在餐厅，或者量贩式KTV，里面的人丑态百出，要么在唱陈升和赵传，要么在唱土摇，男人一定都喝醉了，也一定会有不怎么漂亮的女人在哭，地上都是烟头和干果壳，照片有拍得好的，也有把人都拍成红眼的,但逐渐我们都把那些面孔和ID对上了号。因为容易紧张和害羞,我没有参加过这些活动,但并没有人在意我来不来,我写的东西不出挑,也不善交际,除了周晓天我没有走近任何一个人。

我记得他们在意的是论坛里当时最神秘的人,一个叫"老韩"的中年人,老韩不常来,一般上线都是凌晨,定期发表一些作品,有诗歌,有一些篇幅很小的小说——或者说文字片段,他写的是在困窘中涸辙犹欢的人,也许就是他自己,他淋雨,跌倒,失去亲人和朋友,噩梦连连,渴望或者不渴望摆脱,有时写出来的东西像是社会新闻,但呈现方式是真实社会新闻的反面,像播放真实社会新闻的电视机做的噩梦。

老韩被每一个人爱戴。后来有和他私聊过的人说,他是个快递员,后来老韩确认了这一点,他依靠送快递这种相对无拘无束的工作来供养自己的生活,业余写作。那时的快递业方兴未艾,我们了解不多,只是本能地觉得它浪漫,等到我渐渐懂事,有了社会经验,看着面前穿着滴水的冲锋衣、大腹便便的、朝我递过来一个信封或者包裹的中年男子时,我就会想起当年的老韩。送快递怎么会是无拘无束的呢?他们风里来雨里去,受制于时间和劳苦。

我记得老韩在一个回帖里说,肉体越辛苦,精神越自由——我一直记得这句话。这是真的吗？那个钢筋铁骨、风里雨里的老韩如今在哪里呢？他的存在，他的想法，对那时尚且年轻的我产生了很大的冲击，我那时觉得自己不容于自己的专业，一度有毕业后绝不从事本专业工作的想法，且我觉得自己有文艺才华，我的潜意识觉得，这些文艺才华也许能为我带来更好的生活，但我并未细想这一点，而我那时写的那些东西，随便谁都能看出，和人家老韩差了十万八千里，可他却选择送快递。

这使我第一次对自己的未来产生了极大的怀疑，觉得老老实实地回去上班，敲钉子拧螺丝刷油漆上阀门才是我应有的归宿。我把这些都说给过周晓天，他在电话里哈哈大笑，然后告诉我，他也没有见过老韩，没有人真的见过老韩，说不定这是谁的马甲，只是一个恶作剧呢？我认为不可能，老韩一定是真实存在的，诗歌和文艺的才华确实无法将一个人从现实的困境里拯救出来，我们应该想办法帮助他。

但老韩并不需要任何人的帮助，他和所有人都很疏离，没有人知道要怎么帮他，发过去约见面的私信也石沉大海，他像一个走时精确的钟，不受干扰，稳步向前，直到某一天，啪嗒一声，随着这个时代一起消失，沉没。

6. 三角关系

周晓天到旧书店上班的第一个周末,我和小静一起去旧书店找他,顺便看看他的工作单位。书店的名字叫"为民",在老闵行靠奉贤方向的一条小路上,老板戴着个眼镜,挺知识分子,看着倒像是附近高校的老师。但是里面卖的书并不为民,人民肯定不爱看,用小静的话说,"感觉卖的都是周晓天从包里掏出来的书"。

老板在书店的斜对面还开了一间奶茶店,周晓天做店员以后,老板自己就可以到对面的奶茶店里坐着了。小静说,周晓天还真的是让人放心,老板觉得他不用看着,不像对面奶茶店的服务员,一看就是个滑头。我和周晓天都在边上笑。

不知道是店员的工作不忙,还是周晓天的气质使然,他还是那副神出鬼没优哉游哉的样子,早上我们起床的时候,他已经走了,晚上我们下班,他已经回来了,他总是不紧不慢地在阳台上抽烟,或者在自己的房间里坐着看书,他不太坐我们正对着电视机柜放的长沙发,也不开音乐,不开顶灯,等我进门,总是听到他在一团幽暗中说,我们出去逛逛吧。

但我不像他,我是要吃晚饭的,只有我们俩人的时候,我们就在街边的小店里解决,有时是沙县,有时是菜饭骨头汤,他依旧吃得很少,蒸饺我能吃三笼他只能吃一笼有时还剩点,也很少像我一样吃得满头是汗,一副很享受的样子,总觉得他是个机器人,趁我不注意,把那点饭直接倒进了胃里,然后就坐在边上默默发呆了。

过去吃完饭和小静散步的时候,我们并不会走太远,且按我们俩的习惯,并不会去陌生的地方,毕竟这里是市郊,我们对这里的治安总是略有些担心。但周晓天个子很高，走得也很快，而且我有一种他比我还熟悉这里的错觉，他七拐八拐便能把我带到一些之前没有到过的地方。

比如我从来不知道，在我所住的小区不远处，居然有一个池塘。平日里，它被环绕小区的树木和当地农户的屋舍挡住了，顺着柏油路走到尽头，周晓天拐上了一条窄窄的水泥村路，然后没多久，池塘就出现在我们面前，这会儿太阳已经落山，但家家户户已经开了灯，四下里并不显得太暗，密集的虫鸣仿佛从来没有停过，微风一吹，上海本来的那种现代化的景观仿佛飘到了极远处。

我们在池塘边的石堆上坐下来，有一搭没一搭地聊天，大部分时候，我们都在说一些过去论坛里的朋友，然后最终，话题会落在我们喜欢过的女生身上。我们都有无法说服对方的部分，对他这个部分是陈曦，对我这个部分是唐萌。我觉得陈曦当初在托马斯和周晓天之间举棋不定是不对的，"但人活着并不是只做对的事情的。"周晓天说。这句话我一直记得，"人活着并不是只做对的事情"，后来我似乎能理解到这并不仅仅是一种开脱。

托马斯后来在北京的那段时间里，陈曦是偏向于他的，起初，周晓天能够作为一个布景般的人物存在于他们之间，三个人的外出经常发生，在周晓天的描述里，托马斯对北京的名胜古迹没有兴趣，但是很愿意解答周晓天对于英国文化、文学，以及与协和飞机相关的一些疑问。周晓天的英文很好，托马斯起初很喜欢他，甚至说过，似乎更适合出国留学的人是周晓天，而不是身体孱弱、过于任性又完全没有生活自理能力的陈曦。

但这样的局面在一次偶然的事件之后终止了。这个事情，周晓天和陈曦都分别和我说过，两个人的版本出入很大，却又分别有自己的道理。但因为我并未和托马斯有私下的交往，因此他的角度我未能得知。

周晓天的说法是，陈曦在工作上遇到了一些挫折，于是来找他倾诉。具体来说，无非还是回国之后的预期和现实落差过大，工作单位始终将其视之为打杂搬砖的小角色，"请来的摄影师水平不如我，但一次拍摄收费高达十万以上级别，却只愿意给我一点点薪水"。这样的情况其实非常常见，有时我觉得，也许我是个更适合解答这种问题的人，而不是周晓天，周晓天能够给予的，就是毫无保留的共情、全心全意的包容和不加掩饰的偏心。

当陈曦在抱着周晓天哭的时候，喝醉了酒的托马斯来了，他一把推开了周晓天，两人发生了肢体冲突，但两个人都是陈曦的男朋友这件事，周晓天以为托马斯是清楚的，那天他只是因为喝了酒、酒吧人多没有看出来那是周晓天，所以才上手的。但肢体上的冲突总是令人不快的，这之后，周晓天就渐渐疏远陈曦了。

周晓天给出的疏远的理由是，陈曦那时准备跟托马斯回英国结婚了。但在周晓天的概念里，有一点是非常重要且明确的，那就是，陈曦应该还是个处女，既没有和他有过肌肤之亲，也没有和托马斯有更进一步的关系。我心里觉得这完全不可能，但我知道作为朋友，这个话我不能说。

而且陈曦最终并没有去英国嫁给托马斯，而且嫁人这个事儿到后来看完全就是个笑话，周晓天自己也知道。之后，我得知了陈曦的版本，我觉得这个版本更接近真实。

在陈曦的概念里，男朋友就是托马斯，而周晓天只是一个关系比较亲近的、共同成长的朋友，但不可否认的是，和周晓天的关系有一点非常规，两个人有很深的依恋，无法割舍，但是却又缺乏爱情需要的那种热烈。

不过，其实在我看来，周晓天就是特别擅长与别人发生非常规的关系，这倒也没什么奇怪的——他要是有朝一日进入了一段普普通通的关系那才叫石破天惊。陈曦直接跳过了她为什么找周晓天聊天，根本没提什么工作挫折，对她而言，因为认识时间太久，找周晓天聊天就像呼吸一样自然，她只是和周晓天一起坐在常去的酒吧，她自己用了点药，但周晓天是个连酒都不喝的人，只是在喝着饮料抽烟，她那段时间和托马斯有点处不下去，但她也没有要靠周晓天来解决问题的想法。

倒是托马斯当时自己有困惑，他一方面嫉妒周晓天和陈曦的关系（陈曦觉得完全没有必要），另一方面又觉得自己还挺欣赏周晓天的，这些无法纾解的矛盾集聚的情绪平常只能发泄在陈曦身上。但他终于还是在这一天找到机会装酒醉推搡了周晓天，他那天是去一个英语培训机构当临时英文教师，进酒吧之前并没有喝醉，就是看到陈曦靠在周的肩膀上，觉得一下子很上头。

这之后，他们便迅速疏远了，是陈曦和托马斯一起，疏远了周晓天，这之后周晓天就离开了北京。"是我没有处理好这个关系。"陈曦有些抱歉地说。陈曦的版本，我没有反馈给过周晓天。

周晓天并不主动把他写的东西拿给我看，过去我们在网上会讨论彼此的作品，但当面我们并不这么做。不过习惯性的，我早上坐在办公室的第一件事，就是首先打开几个固定的网页，其中有我工作相关的一个行业网站，我需要盯着我们的新闻露出，另外就是周晓天的博客，我会关注他昨晚有没有创作。

不得不说住在我家里的这段时间里他很高产,他就是我概念里最好的那一部分诗人,他们从不重复自己,即发现了一种方式以后,复制很多类似的东西出来,以标定所谓的风格,而是不断地在表达上追求更多的可能性。

我想象着周晓天佝偻在客卧的电脑前创作的形象,不禁有一丝担忧,我自己也写作,我深深地知道,写作是一件消耗很大的事情,不论碳水还是糖分,作者不能饿着肚子写,可周晓天没吃啥啊,如果不燃烧食物,他在燃烧什么呢?烟草吗?那天之后,下班回家我劝他戒烟,他淡定地说,我抽得不多的,一天一包都抽不完,只是习惯罢了。

我把我的担心告诉他,他哈哈大笑,说,你想多了,我从小就吃这么点,不是每个人都像你这么能吃的。我没有笑而是认真地说,我吃得不多,是你吃得太少。我把这些担忧告诉小静,她趁着周末公司旅行去济州岛的时候给我和周晓天都带了高丽参回来,那支高丽参像个人参娃娃一样被固定在一个木头盒子里,显得诡异而高档,周晓天哭笑不得,但还是喝掉了我们煮给他的参汤。

周晓天为示报答曾表示要给我弄点武汉特产来,我们纷纷表示对鸭脖没有兴趣,他便也作罢,其实我知道他是说说的,他并不想回武汉,也不想跟家里有什么联系。我们听到过他跟母亲通电话,很简短,说的话也很少,我问起过他,他想了想说,大概我得像你这样或者我之前那样——我是说有个看起来还不错的工作,我父母才能满足吧。

我说,我父母也并不满足,他们不操心我的工作,但是现在在逼我结婚。他说,那是下一步啊,我现在第一步都不再想满足他们了,就是因为知道他们一定会得寸进尺。其实你不要把我当时去北京的事情怪在陈曦身上,我自己在那个环境里也待不下去了,去北京是我自己的决定,而且重要的是我得离开武汉。

我说,你说父母都在想什么呢?为什么非要干涉我们呢?我妈盯我结婚的事情都快疯了,之前没有小静的时候,我相一次亲就得跟她报备一次,现在呢我不太敢告诉她我有小静的,不然她得逼我们马上结婚。不是我不想结,而是这是我的事情,跟她没有关系。他说,父母不是这么想的,而且他们无法交流也不能调和的,没啥好说的。说完这些我们都有些黯然。

刘芬芬说,周晓天是你什么人啊?我说,朋友。刘芬芬说,你看起来这么靠谱的人,怎么会有周晓天这样的朋友。我看看她,说,我还有唐萌这样的朋友呢。刘芬芬呵呵一笑,说,周晓天真的太怪了。我说，你们怎么认识的。唐萌笑嘻嘻地说，都是因为你呀。我说，啊？为什么？唐萌说，你介绍我认识了周晓天，然后周晓天介绍我认识了他女朋友陈曦。芬芬是陈曦的室友。我说，好吧。刘芬芬说，陈曦是我室友，也是我同事。我说，我一直听周晓天说陈曦的事情，但我跟陈曦不熟。刘芬芬不客气地说，不熟挺好的，一个超级大 bitch。

我愣住了，看着刘芬芬，刘芬芬接着说，对不起，我实在忍不住要说别人坏话了。她是我室友，不，前室友，我是看她一个公司新来的小姑娘没地儿住，她要租房，刚好我要找人合租，我就找了她当室友，结果我可倒霉了，她就住在我隔壁，也怪北京的房子不隔音，她那边什么事儿我都听得到。经常带男生回来也就算了……我打断了她，问，是带周晓天回来吗？刘芬芬看看我说，当然，不是，最多的是一个老外，还有些其他人，应该都是来约炮的吧。这倒也罢了，人家自己的事儿，我没资格评价，主要是两个人合租，要承担公共区域清洁义务的，她从来不打扫，然后要注意不能打扰别人，她也没有概念。

最厉害的是，有一次大半夜，有人敲我门，我以为是她，一开门，是个男的，吓死我了，但是那个男的自己也一副受了惊吓的样子，说让我救救陈曦，我过去一看，陈曦躺在床上不省人事，男生不知道她怎么了,我也没多问男生,赶快叫了120,后来送到医院,没注意呢,那个男生就跑掉了,只剩下我一直等到她醒,但是啥问题也查不出来,说她健康得很,白天就让出院了。气死我了,但是她啊,一点表示都没有,连个谢谢都没说,就像一切都没有发生过一样。

我们两个人合租的水电煤宽带,全是我来张罗着问她收钱,各种事情都是我在操心,她呢,就负责带各种男人回来。这是在家的事情。在单位呢,就更厉害了,交给她的任务,她自己做不掉,但她有办法啊,办法就是周晓天,周晓天真是好样的,免费帮她干活,而且坐在她工位上上班。周晓天挺厉害的,既有学问,手又快,杂志上的啥文章都能写,还会拍照,懂的还多,他能写那种科普专栏啊,很了不起了。

我们很自然地想,找他过来吧,要陈曦干吗呢?但周晓天不,他说,我就是来帮我女朋友的。我们问他有没有工作,他也说,没有固定工作,就是帮她上班。说到"她"的时候,刘芬芬快速地用食指指了一下空气,表示自己说的是不在场的那个蛊惑能力强大的女性,陈曦。周晓天在我们杂志社成名了,从此以后,成了痴情和对女朋友好的典范啊。但是我心里那个气啊,有这么好的一个男朋友,但是带回家的却都是野男人,这女生太差劲了。

我说，不好意思，我得直接问一下，你能确认陈曦带回家的男人都是约炮的吗？刘芬芬说，不能，因为我不能推开门直接看啊，但是一男一女，在一个房间里待一夜，你觉得他们能干吗？下象棋吗？下象棋能下得人晕过去吗？而且那个老外还一直来，那明显是回头客。

刘芬芬越说越难听，我心里有些不好受，便没有再问下去。唐萌坐在边上，略带讥嘲地追问着一些细节。刘芬芬说，这还没完，后来陈曦半路要搬走，我没有赶她啊，是她自己要搬出去，我估计是要跟那个老外同居了，但是她跟我签了两年的合同，她得负责转租出去的，否则我不退钱的，后来她就把这房子转租给了周晓天，周晓天啊，万年帮她料理后事，我心想说到底这个小伙子是个好人，那就租给他吧，结果没想到啊，更可怕。

我奇怪地问，周晓天有什么可怕的？刘芬芬说，脏啊。不洗澡，不换衣服，穿着鞋上床，家里乱七八糟，不擦桌子不收拾垃圾。他那个房间里面的家具都还是我的啊，他住了三个月，我进去看了下桌面，上面已经有一层腻子了。我讷讷地为周晓天辩解，他的心思不在生活上，比较多的看书和创作。刘芬芬说，但我受不了啊，他这样住下去，我后面房子没法租了，后来我都不想进那个房间。

165

我心想，确实住我家的时候周晓天的房间都是小静在打扫，如果不打扫，确实会很可怕。而且他最后搬走的时候，小静和我犹豫再三，最终还是选择把那套被单被套给扔掉了。但我们绝不会在周晓天面前提一句的，因为我们是朋友。可刘芬芬呢，我们好像真的不能要求她也像我们这么想。

刘芬芬和唐萌你一言我一语地说着，唐萌还经常露出一种，"你看这就是你的朋友"的表情，我心里堵得难受，熬到晚饭结束，便托辞实在太累，赶回酒店去了。那时，周晓天已经搬离了我家，我也最终没有和小静结婚，而是以和平分手告终了。这是我和平分手的第一个女朋友。

小静在一年后嫁给了一个移民法国的高中同学，很快也移民去了南特，从此与我天各一方，但我们还保留着彼此的微信，可以偶尔互相问候。我回酒店的路上给周晓天发了微信，他没有回复我，到了酒店后我拨周晓天的手机号码，居然提示已经停机，这时的手机已经可以自动显示归属地，我才发现那还是个武汉的号码，这就是说他当年从武汉到北京再到上海，从来没有换过号码。我想起来周晓天在上海总是丢手机的事情，莫非这人再次弄丢了自己的手机？

这并不寻常。思想了半天，我试着给周晓天发消息，问他能不能见一面，他电话过来，说太晚了，要么明天见。我打开手机刷朋友圈，倒是看到了许久没有注意到的托马斯发的一些照片，都是些校园风光以及他和父母聚会的场景，他身边已经有了个白人姑娘，想来那个瘦小的亚洲女孩已经是遥远国度里行将消散的幻影了。

想到当年他们三个的事情，我不禁有些难过。不料这时唐萌突然发来了微信，说，你是不是不太开心？我回复说，有点。她说，你放松一点，你太紧张了。我说，你们也回去了？唐萌说，是的，芬芬说我应该对你好一点，我们寻思今晚好像是没有照顾好你。我说，我是个成年人，没啥照顾不照顾的，你们早点睡吧。唐萌发了个晚安的表情，没有再说话。

7. 豆瓣女孩

周晓天在我家住到半年的时候,突然告诉我,陈曦要来上海看他,我有些懵,问他说,怎么回事,陈曦不是要和托马斯去英国结婚吗?他小声回了一句,她好像和托马斯分手了。我看他情绪不高,就没有问下去,然后和小静商量家里要再来一个人的事情。

小静倒是表现得很热情,对周晓天和陈曦的事情一副很感兴趣很八卦的样子，说，好啊好啊，我早就想见见陈曦了，并缠着我和她讲更多周晓天和陈曦的往事。我笑着说，慢点让周晓天自己跟你说。

周晓天不总是喜欢我的女朋友的，比如他显然不那么喜欢唐萌，尽管其实我觉得唐萌反而和周晓天是一类人：他们身上都有我无法理解和把握的巨大的沉默。我觉得周晓天对于唐萌的冷淡也许是源自对自我的不信任和厌弃。

早年我们第一次在上海碰面的时候，他还见过我另一个前女友，他对她更是显得拒绝，当时我们一起去浦东看了场演出，他完全无视了对方，以至于那个前女友觉得他怪异到了没有礼貌的程度。他的出现和存在，总让我开始反思自己与对方的关系，是不是出于一时的好奇，是不是出于荷尔蒙的冲动，我知道这不对，我是说，在感情上没有主见这一点。但我确实更渴望周晓天的意见，并且总觉得他的意见是对的，跟他的相处，交谈或者不交谈，都能使我更清醒地认识到自身的状况。

周晓天对小静的态度很好，说真的小静算不上漂亮，一般男生都会以貌取人但周晓天不这样，因为要说漂亮其实最漂亮的是唐萌。小静很普通，个头将将过了一米六，头发是那种天生的孩童般的淡黄，脸一红就泛起红血丝，我去过一次她公司等她，等她从人群中浮现，我都没有能够第一时间看到她，我有时在想她是不是有些太普通了，但她的天真热情直来直去让我没有多想什么。

她是上海郊区人，就我的了解，她所受的都是边界感很强的教育，并不是很能接纳一个外人住在家里这么久，而且对于干净整洁有序有着苛刻的要求——这种要求绝不比刘芬芬低，但是，除了开头几天她吐槽了一下周晓天的卫生和抽烟问题之后，她没有再有任何不满，相反她甚至开始像我一样钦佩周晓天的自制力。

有天晚上躺在床上聊天，她跟我说，周晓天是个了不起的人。我说，为什么。她说，你有没有注意到，周晓天每天起床、上厕所、吃饭、回家、睡觉的时间都是固定的，我是说，他去书店了我们不知道，但我们能看到的部分，都是固定的，然后饭吃的虽少，也是定量的，很快吃完，完全不受食物诱惑，然后除了陪我们玩、聊天，其他时间都在看我们看不懂的书。

这么优秀的一个人，却浑不在意自己的生活状况，愿意在一个远离家乡的旧书店上班，也这么大岁数了，完全不焦虑，不考虑未来。我想了想，高中也这样，可我那是要考大学，他是要干吗呢？我听了，起初没有说话，心里在笑，他的刻板与规律确实和你有得一拼，过了一会我说，他就是这样的，很多年了。

我记起前几天的某个下班后的晚上，小静回娘家办事了，周晓天和我在外面走了很久，这次一直走到江滨的荒野，七聊八聊的时候，他和我说，你这个女朋友倒是不错的，很适合你，要是你能忍受的话，或许可以和她结婚。平心而论，小静是个不错的结婚对象，但是那时的我心里像是有一团火，怎么也无法平静，而之后发生的一件偶然的事情，也最终泯灭了我们结婚的可能。

陈曦拖着行李箱在我家门口站着的时候，并没有马上进来，而是等着周晓天过去，跟他紧紧拥抱了一下。此时已是冬天，但是等她进门脱掉大衣，我们发现她里面只穿着短裤和T恤，小静抱着我，哆嗦了一下，脱口而出，你不冷吗？家里虽然开着空调，但是小静体寒，暖宝宝电热毯都是标配，也最看不得别人扛冻。陈曦说，我没事儿。小静帮她挂大衣的时候羡慕地说了一句，大衣是羊绒的，手感真好。陈曦笑着说，等下给你淘宝链接。看着两个女生自来熟的样子，我松了口气，拿眼去瞟周晓天，看到他握着陈曦行李箱的拉杆，沉默不语。

一通手忙脚乱地收拾以后，发现离要睡觉还有相当长一段时间，外面太冷，没人想出去，总不能面面相觑地坐在沙发上吧？于是小静提出，家里有新买不久的 Wii 可以玩。于是四个人决定打游戏，选中的游戏是网球，但是大家卡在了给自己塑造人物形象上，等四个人设计好自己角色的眼睛眉毛头发昵称，精力已经消耗殆尽了，网球只打了一盘便草草告终，四人分别回房休息了。Wii 再也没有打开过，但里面陈曦、小静、周晓天的形象一直存在我这个 Wii 里，要等多年后我在新家突然打开，对着这几个卡通小人儿仿佛被击中一样百感交集。

第二天一早，小静已经出门上班了，我推门去洗澡间，发现门反扣着，陈曦在里面喊，等一下。于是我去到冰箱把门拉开找冰水喝，等我喝一半的样子，陈曦出来了，她有点不好意思地说，不耽误你上班吧？我说，没事儿，我工作单位比较近。然后想了想跟她说，你要么就在家里待着，要是出去玩的话，就得到晚上 6 点左右再回来了，暂时没有给你准备钥匙，或者就是你可以到为民书店找周晓天，也不远，地址你回头电话问他。陈曦说，没事儿，你不用操心我，我上海还有朋友，今天我要到市区去见他们的，你安心上班去吧。

白天什么也没有发生，等到晚上，我、小静、周晓天都到家以后，陈曦还没有回来，我提醒周晓天要记得告诉陈曦，太晚的话，市区就没有公交车回闵行了，打车很贵的。周晓天电话过去没人接，只好发了个消息。等到我们全部睡下，不知道几点（肯定过了凌晨），外面传来了敲门声。是周晓天起床开的门，小静翻了个身，我有点不开心，因为小静工作忙，总是缺觉，一般不能受这种打扰。

早上我起来的时候，家里已经没人了，我想了想，给周晓天打了个电话，说，你要么提醒一下陈曦，不要回来那么晚，影响小静睡眠了。周晓天说，好的，我会说她的。结果晚上陈曦回来的时间也不过提前到了10点。我心里对于她把这里当宾馆还是有不快，第二天中午，我索性从公司溜出来去跟周晓天吃午饭，我们坐在靠近闵行交大的一个新疆菜馆里，讨论应该拿陈曦怎么办。

你知道她要住多久吗？我问。周晓天犹豫了一下，说，她要是走的话，我就一起走了。我愣了一下，你们算是确定关系了？周晓天说，是的吧。我说，没有要赶她走的意思，能不能早点回来，不要影响别人休息。周晓天说，她忙着找工作呢，说打算有了工作，我们还是搬出去。我说，要是她找了个很远的工作，然后你们住到市区去，你书店这边怎么办？我感觉交通费就抵消了你一个月的收入。周晓天说，那就到时候辞了再找一个。

陈曦很快就找到了一份工作，以她的学历与之前的履历，这确实并不困难，那还是21世纪的头十年，海归人员还没有像现在这样多，她应该就面了两三家单位，很快就拿到了offer。然而理所当然的，这个工作在市区，而且是市中心。找到工作的当天，她就已经开始在单位附近找房子了，晚上回来她宣布了这一点，我们表示了祝贺之余，也明白周晓天和她一起搬走就只是个时间问题了。所以大家的相处渐渐都变得更好了起来——主要是和陈曦，和周晓天一直都不错。

要知道陈曦没有周晓天那么自律，她乱扔垃圾，用过的东西不知道归位，穿错过小静的内衣，还毛手毛脚打碎了我们家里最贵的水晶杯，而且晚上回家的时间集中在了12点以后，这是影响我们休息的，不过起得倒挺早，然而早上被她用过的洗手间一塌糊涂，到处是用过的纸巾、化妆棉，和摘下来的美瞳。小静曾经看着她的一堆瓶瓶罐罐跟我说，啊，跟她比感觉我像个男人。我瞄瞄小静的胸说，不，那还是你像个女人。小静脸红走开，说这话的时候，周晓天也在房间里，他呵呵呵地笑，脸上有一丝丝少见的放松。

我实在是一个很不仔细的人，那时我的注意力都放在感受这少有的集体生活上了。大学毕业之后，我不再有和多人同住的机会，而大学宿舍也实在难有舒适度可言，看着《老友记》长大的我，对于这种多个朋友群居的生活总有一些向往：虽然磕磕绊绊，但最后总是友情不老，我们不散的。不知为何，虽然小静对我很好，我对她也不错，但我对她总没有灵魂相通感觉，像这种略带颜色的玩笑，我其实很少和她开，虽然我知道她是悦纳的，更多的时候，我都是在默默地挑剔她，但她似乎有些迟钝，并不能感受到这些，而周晓天了解我，他看在眼里，经常在和我聊天的时候劝解我，忘记唐萌，老老实实和小静在一起吧。

我喜欢周晓天跟我说这些话，但听不听是我自己的事情，我乐意看到四个人一起待在房间里，沉浸在这种形式上的温馨里，而四个人那时心里在想什么，有什么蛛丝马迹，我完全没有看出来。还是小静，她突然在晚上问我，你觉得周晓天和陈曦会那个吗？我说，应该会吧？关心这个干吗？小静说，我有点怀疑。我说，为什么？小静说，他们邋里邋遢的，从来不收东西的，垃圾都是我收一部分，星期天阿姨收一部分，但是根本没有套套。我说，或者他们不用呢？小静说，那陈曦也没有在吃药。

他们俩，是没有秘密的人，东西都摊在桌上，像俩当兵的一样，我觉得他们啥也没有，你不觉得奇怪吗？我说，你这么说的话，我其实觉得有一点，我也听过周晓天说，陈曦是处女。小静几乎要从床上弹起来，她说，处女怎么可能，你们男孩子都是傻逼吗？我笑道，你小声点。

我理解不了他们的感情，有时我觉得陈曦也不爱周晓天，那，小静那时有没有感觉到我不爱她呢？我不知道，一定要猜的话，我觉得以她的感受力一定能感受到的，她那时不厌其烦地跟我分析周晓天和陈曦的关系，想来她也可以看清楚我们之间的问题，但她选择没有跟我表露半分，她会在话题快要抵达这里的时候灵巧地转身，停住，像一只蜂鸟，我把这称之为"上海女生的智慧"，那种形象，蜂鸟的形象，总在我的脑海里不断浮现，使我觉得喜欢，又忍不住想要探求，刺破。

周晓天后来在市区找到了一份策划工作，我觉得还挺不容易，也不知道对方怎么看上他的简历的——我是说那根本不是一份能做策划的简历，有时我还想，也不知道上海还有没有卖飞机的工作？周晓天的工作单位在上海市区很常见的那种文化创意产业园区，位于静安区的一条小马路上，由老式的石库门房子改建而成，入驻的大多是一些小型的初创公司，因此看起来年轻人居多。由于园区还有大约30%的办公室空着，所以运营方需要进行一些相关推广，周晓天在他们的推广部门里找到了这份工作，虽然叫策划，但干的活儿很杂，要帮着写文案、帮着维护官网，还得定时在周末弄一些线下活动，吸引人流。我就是在参加这种活动的时候见到那个叫王鹿的姑娘的。

王鹿是周晓天在豆瓣上认识并拉进来的，他说王鹿诗写得好。这是个了不起的事情，尤其结合王鹿的长相来看。王鹿个头有一米七五，我对外也号称这个身高，但她看着像是要超过了我，她前凸后翘，留一头长发，皮肤很白，有点像王祖贤，据说是高中刚毕业快要读大学了，不知道为什么想不开会和诗歌混在一起。我去翻过王鹿的豆瓣，确实有几首不错的诗歌，但诗没有她的照片多，而且比起诗歌，照片要更吸引人。

首先能看得出这个姑娘家境不错，一直在旅游，去过国内国外很多地方，有时是踏青，有时是滑雪，其次这些地方都不是一个人去的，都有人给她拍照，照片拍得像小模特一样，很专业。按照周晓天的说法，她还只是个高中生，这得什么家庭条件？高中生这么闲吗？不要高考吗？可以这么打扮吗？我不知道，我读的高中是军事化管理的，女生只能穿校服，还不能留长发。也许上海家庭培养孩子的方式确实和我们不一样——我心里大致有个结论，王鹿本不是我们应该接触到的女孩子，我们之间除了年龄差异，还有阶层差异。

有段时间，我去周晓天他们的活动去得挺多，然后发现周晓天在活动里卖酒水的时候，王鹿就背着个相机在他边上抽着烟跟他说话，就没有一次不在的。周晓天对她很温和，声音很低，倒是王鹿，总是发出爽朗的笑声，然后把头发拨向一边。是啊，她可真好看。后来我发现有好几个客人把王鹿当成了周晓天的女朋友。陈曦不是没来过，每次她一来，王鹿就会适时地走开，我看到了两次类似场景，觉得不太对，就问周晓天，这个王鹿怎么回事。周晓天说，王鹿好像有点迷恋他。我说，你们有什么实质性的进展吗？周晓天说，还没有，我还没有想好怎么应对。

周晓天跟我聊这个的时候，我才意识到我第一次因为嫉妒而打量我这个朋友。他瘦得像只仙鹤，个子有一米八，因为瘦，眼睛也显得异常的大，他不难看，我半信半疑地觉得他也许是帅气的，而且我非常肯定他有一张独特的、让人过目不忘的脸。可他散发着一股跟肉欲完全相反的气息，他像是高而瘦弱的植物，立在那里，之前并未见到他会招异性啊。我毕竟是男人，并且时常惊觉我心中的周晓天是个无性的存在，而这显然是大错特错的。他终究还是和王鹿发生了些什么。起初我去市区找他还多些，后来我去得少了，想着也许他能在上海就这么扎根下来？

但过了没多久，周晓天跟我打电话求助，说王鹿怀孕了。我在电话里愣了蛮久的。说起来有些好笑，这是第一次我意识到"周晓天是会让别人怀孕的"。在过去，周晓天所有的感情关系，都仿佛只有感情，这让那些感情都显得纯粹、热烈，他喜欢陈曦，那是因为共同经历的羁绊，他对某些身边出现的其他女生的好感，也是基于对方的灵性、气质，都仿佛不掺杂一些肉欲，虽然没有直接问，但我能感觉到，那应该都是没有性的因素的介入的。现在看来，其实是我错了，我对于"其他男人"这种生物，还不够了解。

让我们回到王鹿事件。王鹿当然是个尤物，这是每个人都会如此判断的，周晓天会和她发生些什么真的是太正常了。我想象周晓天在王鹿身上闪转腾挪，让她孕育了一个新的生命，过去的周晓天的形象，渐渐开始瓦解。周晓天说他钱不够了，在电话里提醒我带点钱，我嗯了一声。周晓天是一个毫无在上海生活经验的人，于是，仿佛使王鹿怀孕的男人是我那样——我担起了开车带着他俩去处理这个麻烦的任务。

在那个私立医院，是我跟着护士跑前跑后地缴费拿化验单，周晓天坐在神态轻松仿佛是来郊游一样的王鹿旁边，像她沉默而不快的哥哥。虽然我不想去在意周围人的眼光，但被打量的时刻还是不断地到来。边上正常产检的夫妇，问问题单刀直入的医生，目光平静而轻蔑的护士，都让我非常不舒服——我是在那时意识到我和他们的不同的，他们，周晓天和王鹿，他们毫无悔意，毫不在意，他们淡定极了。

8. 各奔东西

我的这些没有道德感的、从青春期留存下来的朋友们,我有时觉得我深爱他们,他们像我荒漠般生活中的甘泉,可这种爱能存在的原因就是他们离我真的足够远,我们从来都不是一类人。我记得后来王鹿做完手术有些虚弱,下台阶的时候,我和周晓天分别站在她两边,我正在犹豫要不要像周晓天一样扶着她,她自己便一把拉住了我的胳膊，半个身子的重量吊在了上面。

我心里一颤，明白这种时候想东想西是不对的。然而，我倏然想起，也不过几个月前，在园区里喝酒，周晓天走开的时候，稍微喝多了点的王鹿也不由自主地这么揽住了我，把温热柔软的胸靠在了我的手臂上，即使在周晓天回来后也没有放开。我和周晓天常常像一体两面，那时还没有CP这个词，我不知道这些女孩儿们怎么看我们，比如王鹿，周晓天不在的时候，她会很自然地把我看成某种安全的替代，周晓天在的时候，我会被她当成周晓天的一部分。

这种东西，如果你相信我的感受力的话，我要说我也能够清晰地从陈曦身上感受到。而且有时我想，如果周晓天真的和小静之间有什么亲昵的举动，我应该也不会有吃醋的感觉，然而这又未曾真的发生，是否真的发生了以后我又未必能像我想的这么豁达？我搞不明白这个，不能够抽丝剥茧地自圆其说，我只能看到这些，有时觉得我的朋友们是不知羞耻的败类，有时又觉得他们充满着让我温暖的光辉。

王鹿的事情是周晓天自己告诉陈曦的，陈曦的反应我们不得而知，但结果是王鹿不太出现了，不论是像过去那样在园区的活动里，还是拉出来和我和周晓天单约，都没有了，事实上手术之后王鹿就很少再出来，我问周晓天，他告诉我王鹿大学开学了，想必很忙，他对王鹿一派云淡风轻，丝毫没有意识到这可是个女神级别的女孩子。

这期间，我翻看王鹿的豆瓣，她动态照旧，不过照片发得少了，诗写得多了，风格仍旧是一如既往的灵动、轻松，没有现实滞重的阴影。陪着他们经历了这一切的我，心里常常觉得有些堵，但我在周晓天和王鹿这里都没有看到丝毫这样的心绪。

王鹿事件的第二年，周晓天又给我打电话，说陈曦怀孕了。我准备了钱，以为又要去一次那家医院了，但他说，这次不打了，他想让陈曦把孩子生下来，他们打算辞了上海的工作，一起回北京结婚。

陈曦家在北京还是有点底子的，这听起来已经是最靠谱的选择了，于是我在电话里祝福了他们，并约好要一起吃"散伙饭"。其间，他们在退租市区的房子的时候遇到了一些纠纷，是我出面协助处理的。不过，我和小静之间出了问题，这些事情，她都没有再出现。

周晓天搬走没多久，我就把我有女朋友的消息告诉了我妈，我完全没有意识到自己犯了一个巨大的错误。和周晓天同住的这段时间，他的温和与善意笼罩着我，使我开始尝试去跟每个人"好好沟通"，但这对于我妈完全是一种灾难。我父母从小到大与我的沟通,都是单向的发号施令,他们并不会好好听我讲话,字典里也没有"尊重子女的想法"这个词组。我的好好沟通,在她看来就是"听话和服从"。

她对我有女朋友表示了开心。为了不让她马上试图推进下一步,我告诉她我和小静在一起才三个月(其实已经1年多了)。小静晚上回来后,我告诉了她我跟家里说了我们的事儿,她是开心的,但表现得很平淡,这是好的,因为看起来我们的关系似乎要往下一步推进了。之后又过了两个礼拜,我妈表示要直接寄点适合女生吃的土特产给小静,问我要了她联系方式,我不疑有他,欣然提供。

当天晚上,小静就有些怪怪的,我问她,是不是我妈说啥了,她说没有没有,就是一些普通的问候,谢谢阿姨的礼物了。但又过了一周吧,小静像下了一个很大的决心一样——做了一桌菜,让我吃完,洗好碗,然后边掉眼泪边给我说,我觉得我可能达不到你妈对儿媳妇的要求,你妈太厉害了,我也有点怕。

我愣住了,问她,她才说,我妈旁敲侧击,用各种手段终于从她嘴里套出来我们其实已经恋爱很久,并且猜到我们是同居的,然后用道德绑架的方式语带威胁"你都和他同居了,是不是愿意和他结婚",甚至问到了如何避孕的问题,恐吓小静说"长期避孕不利于以后生育",总之,她用尽一切办法,希望我和小静马上结婚生子,最好在三个月内——马上国庆节了,你们可以回来把婚礼办了。

我顿时觉得天旋地转,羞愧难当,那些话确实都是我妈在和我电话时经常说的东西——她就是这么一个人,但我万万想不到她会说给小静,说到底,她希望我尽快结婚,"好早点让她收回撒出去的红包"(原话)。我是个没有什么担当的男人,只会在这种状况里显得优柔寡断整天憋得自己唉声叹气,并没有说服规劝自己父母的能力。

小静却要比我强得多,她说,今天她跟自己父母商量了一下——上海的父母极少会这么逼迫自己的子女,之后想跟我妈好好谈谈,但谈崩了,她终于不客气地在电话里回敬了我妈几句,还拉黑了她的号码。

她说,"张翔,我喜欢你,你还行,但你的家庭我接受不了,我想象不到双方父母碰面的情况,而且我现在跟你妈闹成了这样,我也不想让你难做,我们分了吧。"我觉得一切合情合理,根本无法反驳,只好跟她说,情况我改变不了,然而我心里实在难受,能否再陪我走上一程,好说好散。小静与我抱头痛哭。

小静与我的情况,我跟周晓天说了一下,他说,你这样的,你父母还不满意,还要来穷折腾你,我这样的生在你们家，不得把他们给气死。我说，你现在要结婚了，算是已经走到我前面去了。他说，你就别提了，奉子成婚，陈曦的父母都气死了，估计到了北京，我没好果子吃的。

小静和我又同住了一个月——这一个月里，她硬起心肠，不许我碰她，之后应该是在外面租了房子，逐步蚂蚁搬家般地渐渐将她的东西都拿走了，待到又过了两周，她拿出一副我之前未曾见过的洒脱模样，跟我告别，之后彻底搬走。想想最后又有些不甘，她和我好了这么久，竟丝毫没有沾染我的优柔寡断。

到阳历年年底，我那个位于南郊靠近奉贤的小房子竟只剩下了我一个人。我想起之前周晓天陈曦在的时候四个人热热闹闹其乐融融的日子，觉得简直像一场幻梦。周晓天此时已远在北京，我想起我们年中的时候还商量过四人出游的计划，现在显然已经泡汤。

我拨通他的电话，寻思找个周末去北京玩，周晓天压低声音跟我说，缓缓再说，陈曦孕期情绪不稳定，而且丈人丈母娘都在盯着，他现在除了演一个好老公，别的啥也干不成。我说，那你们还办酒吗？他说，现在肚子已经很大了，婚礼只能等生了以后，去武汉办一个，北京就请大家吃吃饭，说是旅行结婚。我一阵愕然，只好挂了电话。

周晓天在北京靠着陈曦家里的关系，找了一份科技类图书编辑的工作，有时在上班的间隙，会给我打来一些电话。我们不咸不淡地聊着，我跟他说，我跟家里闹翻了，跟我妈摔了电话，现在没有了女朋友，也没有了父母的关心，彻底变成了孤家寡人。

他说，陈曦现在每天都很作，已经有点神经质，情况有些堪忧，动不动就拿周晓天撒气。我想象得出陈曦生气的模样，只好问周晓天是否受得了。他说，有时还好，有时下班回去已经很累，觉得只想倒头就睡，这种时候就比较抓狂。我为他的际遇难过，常常在交谈中沉默下来。

我们就这么维持着一个月或者两个月通一次电话的关系，直到他有一次电话来跟我说，他想做一本小册子，把我们自己的诗集做出来。起初琢磨的方式是跟他们出版社合作，但经过数轮的沟通，终究是因为专业不对口而没有成功。

然后变成我们自己找出版社，这种方式我们就需要自己出一点点钱。我们决定就这么干，但是最后还是不行，因为出版社希望把我们俩跟几个八竿子打不着的人放在一个书系里出合集，我们看了另外几个人写的东西，终于觉得没有办法答应，连名字和他们并列都不想，何况是同一书系。

最后周晓天决定自己印。他选中了一款日本的理想一体式打印机，二手的，大概八千多，我出钱买了下来，并打过去 2 万块，算是诗集的出版费。我们在电话里商量好各自的分工，他来组稿，选我们二人的诗作，并亲自为两本诗集安上一个序言：我们希望借此来宣示我们的理念，像一战后欧洲的那些诗派一样。

这个工作只有周晓天可以完成，因为我只能写诗，但远未到可以总结出自己理念的地步。我负责的只是经费投入以及和他讨论这些事：我们的诗集要叫什么名字？我们的诗歌理念要叫什么名字？我们赞赏过去哪些流派，我们反对过去哪些流派？

我们为这些事情准备了无数的文本，打了无数的电话，我们踌躇满志地推进着——但不知道为什么，最后这一切都只是变成了一张照片。那张照片是我有一次问陈曦，周晓天买的那个打印机在哪里？她拍了张照片给我，那个打印机堆在他们北京家里的阳台上，上面放了几个纸箱，落满了灰尘。陈曦会算星盘，她笑着跟我说，你怎么可以跟周晓天合伙做事情，我看过周晓天的盘，所有星星全部落在天上，就代表他毫无行动力啊。

周晓天在北京问我借的最大的一笔钱是为了买房。这套房的情况很复杂，是陈曦父母靠着自己单位的关系，打福利分房的擦边球，在北京通州搞的集资建房，陈曦父母寻思他们俩人在北京也没有个立身，就赶着上了这趟车。房子比市价便宜很多，但是付款方式是"5050"，即，先拿一半出来，交房后再拿一半，一半是120万，老人出了80万，周晓天家里出了10万，他自己毫无积蓄，还有30万缺口。

我当时仍处在单身状态，并无女朋友这种耗钱的物件，每个月的工资，除了房贷，都安然无恙地存了下来，属于心情不怎么样，经济状况还行。他一跟我提，我寻思买房是正事，二话不说，借了十万块给他。我没有借过这么多钱给别人，下午去银行打款的时候，我几乎是跑着去的。除了借钱，我们依旧聊诗歌，聊我们的小册子，但那时我其实已经明白，小册子是做不出来了，我只是借着这个跟他聊天，并不抱什么希望。

周晓天的那份伟大的序言一直没有写完，因为理念不清晰，我们想了十几个名字都觉得不对，而且他也没有履行其他诺言，比如"我有一个画家朋友，可以帮我们搞定封面的设计工作"。我看到的现实是，图书公司的事情很忙，他的儿子已经出生，陈曦尚且没有工作，他渐渐发现需要用钱的地方越来越多。

有一次他晚上打来电话，说下班了，但他站在办公楼的天台上不想下班。我开玩笑说，你可不要跳下去，你还欠我很多钱。他在电话里笑，但我听出了他的疲惫。这种疲惫让我心里异常难受,我一直有一种念头,就是我的这些像周晓天一样的朋友们,比如早年我们在论坛认识的那些,能够逃脱这种生活的苦难,不用像我一样辛苦地工作只为赚钱,只为生存,他们都比我好,比我有才华,他们都像神的孩子,应该过上一种让自己精神健全的生活。

但其实并没有。我眼看着周晓天和陈曦的生活在下沉,这些年里,断断续续,零零星星,也从其他各种渠道得知,我们那些早年的朋友们,无论是小说版的版主,还是摄影版的红人,他们的境况也都差不多,渐渐在变成民警,快递,出家人,培训师,啃老族,不知去向的盲流,广告公司小职员,小学教师,淘宝店主,忧郁症患者……其中看起来最有出息的是个程序员,做了个APP卖掉了,赚了点钱。不是说这样不好,而是它与我们青春时对彼此的想象都差别太大。

活成这样的一个状况真的可以吗?我们弄不懂这些,不知道这个世界哪里出了问题,我跟他说,可能真实的世界在某一天被调包了,我们现在活在一个巨大的赝品里。我说:"我怀念那个在上海时脚不沾地,不为生活所累的你。"他说,但是那个状态没法持续下去。

大概又过了一年的样子,就是见到刘芬芬的那天晚上的第二天，我按照周晓天给我的地址，第一次去了他和陈曦在北京的住处（租的，通州的房还没交）。那是北五环的外面，一处荒凉的所在，农田、工地、奇怪荒芜的楼房交替出现，最后，在一条不甚平整的水泥路的尽头，我看到周晓天站在那里，穿着一件我没有见过的运动衫，就像中学生的校服那样。他的背后，是一栋5层的灰头土脸的居民楼。

我从出租上下来，司机从后备箱里把拉杆箱搬出来，递给西装革履的我。我突然觉得自己跟整个环境有些格格不入。我没来由的有些羞愧，低下头低声问他，你们住几楼。他还是那副平静安闲的样子，一把拉过箱子提起来说，三楼。我跟着他走，楼梯小小的，台阶很多，栏杆生锈了，但不脏，一楼有个男人蹲着在喝水，看看我们没有说话。我很久没有见过这种北方的楼房了，它的年代一定很久远，设施也大多数都坏掉了，比如转角处那个装消防器材的箱子。

走到二楼的时候我扭头看到外面的马路，有几个发型夸张的年轻人正在经过，于是我停下脚步看他们，周晓天也停了下来。我说，他们为什么要把头发弄成这样？周晓天说，啊，他们啊，附近有一个职业学校，他们都是学生吧。这不是蛮好的吗？起码和别人很不一样。我说，那倒是。"不一样"，对，年轻人的想法也无非就是一定要跟别人不一样吧。周晓天总是能够最准确地总结出问题的关键,一向如此。

进了门,我发现家里收拾得很干净,陈曦在里面的卧室躺着,我们过去,周晓天说,张翔来了。陈曦坐起身体,不好意思啊,我没法起来迎接你。我看看她,她脸黄黄的,头发也乱糟糟地披下来,看起来比在上海时憔悴了很多,不禁想起原来她的样子,突然有些哽咽,说,接什么接,不要客气。我又说,家里真干净啊,你们儿子呢?陈曦说,感冒怕传染他,送外公外婆家了,昨天周晓天收拾了一天,说你爱干净,怕你不肯住在这里。我愣了一下,讷讷地说,我还是没法住在这里,因为我晚上的飞机就走了,我顶多待两个小时。周晓天说,你怎么时间这么紧。我说,没办法啊,明天还得上班。周晓天说,你吃饭了吗?我说,吃过了。

我看陈曦很累的样子,于是说,我跟周晓天在附近走一走吧,你好好休息。陈曦说,好,你时间真的太紧了。天说黑就黑了,我们在楼下的院子里转悠,我忍不住跟周晓天说了刘芬芬和唐萌的事情,也转达了刘芬芬的吐槽,并表示,也许以后不会再和唐萌联系了——我的意思是,顶多维持一个认识的关系,但不会再投入感情了。

这一刻我意识到,我被她们冒犯了。周晓天很平淡地说,是啊,我那时反正也没弄明白你喜欢她什么。另外那个女生说的那些，我都无所谓的。我说，我听了很不开心，我不喜欢她们那么说你。周晓天说，大家都不是一路人，以后不要来往就是了。后来我们又坐着喝了点水，我跟他说了些工作上的事情，又看了看放在阳台上落灰的打印机，没有待满两个小时，我起身离开了。

我到上海后，有一段时间没有跟周晓天联系。他再次联系我，又是借钱，这次的理由是想买车，因为陈曦越来越不方便，房子离得远，看起来在北京没有车是没有办法的，他遇上附近有个斯柯达的4S要关门，野帝7折在卖，他了解下来觉得不错，我想想他住的那个五环外的破地方，想想床头蓬头垢面，脸色黄黄的陈曦，又给他打了七万块，我的钱攒下的不多，这一次几乎把我的现金掏空了，但我没有和他说。

我是个反射弧有点长的人，等到又过了半年，我无意看到了陈曦的Facebook——她晒了一辆丰田的RAV4出来，并不是起初说的野帝。我心里觉得怪怪的，但没有吭声，我还开着那辆二手的polo，他们的车已经比我好了。

周晓天还是经常跟我打电话，我们聊得很多，之后他说他找到了一次重新出诗集的机会。那是个出版界的民间机构，做一些小册子，格调很高，在圈子里很出名，即使是成名已久的大作家，如果被他们看上，也会觉得很荣耀。

周晓天把我们俩的书稿给了过去，说，应该只需要一个人出两万块钱的资助费即可，我答应了，后来他提起能不能暂时再问我借两万来支付他那本的费用，我也答应了。我仍旧没有固定的恋爱关系，我浪荡着，几乎彻底和家里决裂，我也没有什么用钱的地方，那时有个奇怪的念头，哪怕我死了，把我的遗产交给周晓天继承也可以，没什么不好。

不过后来消息很快就来了，由于周晓天发邮件给那个出版机构的时候，把我的邮箱也抄上了，所以我们一起收到了他们的回复，对方说得很明确，周晓天的诗很棒，达到了他们的出版要求，他们举出了几点理由，介绍了之后跟进诗集事宜的编辑，附上了打款的账号，但他们拒绝了我的作品，负责审核我的稿件的编辑认为我的诗作过于自溺，缺乏思辨的气质，他们能看到我的闪光点，他们会保持对我诗作的关注，也欢迎我以后能够持续将作品给他们看，但不行就是不行。

我看到了邮件之后有些胸闷。周晓天在当晚打来电话，斥责了那个编辑的品位，强调了我的优秀，但在我听来，怎么都像是成功者对失败者的安慰，我意兴阑珊，跟他说，我会把他那个部分的钱打过去，但这个机构，之后我不想再有任何联系了。

挂了电话，我觉得自己没有失落和愤怒，反而越发清醒，我意识到，我已经过了三十岁，诗歌对于我来说，显得越发孤寒。论坛早就没人上了，西祠冷落得像西伯利亚的冰原，更年轻的人们现在聚集在豆瓣上，骄傲狂妄的样子一如我们当年，有年轻的男生女生出版诗集，成为新一代的明星，人们讨论的还是朦胧诗、第三代以及那几个翻译最多的名字，有人转行写小说，有人转行当教师——诗人本来就没法养活自己，当然有不知道在做些什么的老前辈还在一首接一首地写，一本接一本地出，恶狠狠地，仿佛知道自己时日无多，周晓天在编辑工作之余还保持着在场，但作品数量锐减，前不久我顺着他的关注还找到了王鹿——当然还有更多漂亮年轻的、热爱着诗和诗人的姑娘……这些，所有的这些，让我觉得疲倦。

我能够明确地看到，我将精力投注在阀门生意上得到的产出要大得多，哪怕我下班多写俩推广 PPT 多钻研些行业知识，也比我研究这些屠龙的把戏强，一切都变了，只有"我没有才华"这个事实没有变，历经这么些年，它依旧熠熠生辉，像我日渐稀疏的前额。从那以后，我除了小说还会拿出来给人看，诗歌只有不得不写的时候才写，写了也不再给人看，我希望自己安于阀门和不锈钢，研讨会和大酒店，我开始研究办公室政治，买了一个婚恋网站的 VIP 会员，开始在周末和节假日相亲。

9. 魔鬼你好

文学梦死了,我终于有勇气谈谈我的工作。

就在周晓天和陈曦回北京后没多久,我迎来了自己职业生涯的一次大进阶。之前我头上的新加坡人 Raymond 退休,我升任公司市场部的 VP,统领整个市场部,直接对 CEO 汇报。

我的升职正好伴随着公司一次大的变革。公司早在2008年就计划做自营的阀门业务,虽然磕磕绊绊,但至今终于也算是有了相应的营收,我2010年加入这家公司,不再只做研讨会执行,而是开始涉足市场传播工作的方方面面,级别提了一级,便没有了那么多出差。

我升职后,公司将自营的阀门业务和代理进口阀门的业务在实体上彻底分开,重心逐步往自营那边转移,打造自主品牌,而原有的进口代理这一块,留在老办公室,让我作为看守,我成了老公司的法人代表,权力挺大,可以管理公章和网银,所有款项的支出,由我做最终操作确认,所以我名义上是市场部VP,有市场工作的时候两边跑,但其实我已经在行使老公司这边的总经理的职责。

分家之后。公司开始搞管理层持股,也很快到了我头上,老板的办法是他赠送一笔——这一笔已经足够丰厚,然后给我权利可以自己再认购同等金额的股份,之后年年可以从总利润里分红,这毋庸置疑是个极好的机会,我觉得公司的前景非常好,很想买。

但我攒的钱都哪儿去了呢?我数了数几张卡里的余额,深感自己活得不是很靠谱,我盘算了一番,又做了一点心理建设(在办公室喝了几口威士忌),打电话给周晓天问他能不能还点钱给我。

他在电话里沉默了一会儿,说,给我几天让我想想办法,然后我问他,知不知道我总共借给你多少钱?他愣在电话里,说不记得了。其实我也不记得了,但我前面已经翻了银行的记录。这么多年,多多少少,走招行转农行这个途径,我已经转了三十五万八千给他。有些我记得是什么,有些我不记得了,而且这还不包括我借过一些现金给他。

后来我截图给他看,又补了一句,你准备准备,我还有时间,要么你还个二十万就好,或者十万也行。他回了我一个 OK 的手势,没有再说话。到了约定的日子,我再电话过去,他表示晚上可以先转五万给我,我答应了。那五万,是我要回来的唯一一笔钱,我后来没有再打电话去要,觉得不好意思。

那天晚上,我查完周晓天还过来的五万,转头开了公司网银,打算给卖方打款订货,突然一个念头跳出来。一般卖方的付款是,我们先预付 30%,之后他们发货过来,货到之后,我们补剩下来的 65%,最后的 5%,等我们自己买方那边产品装配好了再过去,买方和我们之间的付款也是如此——但是,之间是有价差的,也就是说,公司这个网银账户里,钱是有富裕的,如果能挪这些钱暂时拿来周转,实际上就能弥补周晓天欠款和我买股份的亏空,不过,要想事后没有痕迹,有些麻烦但也不是不可能。但我晓得这有些违规,脑子里动了一下,便按下了念头,没有多想。所幸买股份的钱大老板也并不着急，我打算实在不行到了年底发了奖金再说。

我管账到了第三个月的时候，所有的上下家基本都知道了。其中一个浙江叫华信药业的老板来上海，约我见面，他在璞丽开了个房间，中午边上的晶采轩吃完饭，带我去他房间谈。

我知道可能要发生点什么，但等他直接把一整个帆布包的钱堆给我的时候，我还是有点愣住。他笑笑说，张总，暂时我没有什么要求，都是按规矩做事的，这个只是我个人的一点心意。我说，吴总，你这个心意有点大，有事就直说，再说了，我是个乙方，你是我老板，哪里有这个道理。他说，真没事，张总客气了，主要我不喜欢你们自营体系那边的人，张总新官上任，我觉得跟你投缘，当然要支持，以后我们打交道的地方还多，如果有任何需求，随时和我说。他看我没说话，又说，当然这么大一堆钱是有点显眼，张总有没有自己的公司？我只好说，有是有。

他笑笑说，你让你公司的人之后联系我好了，我后面还有事儿，房费我付掉了，张总想用就用，不用也可以，到时直接走就行。说完他告辞离去。我坐在沙发上，打开帆布包点钱，一打一万，三十打，正好三十万。但我其实是没有自己的公司的，也没有操作过。

我想了半天，直接电话叫了一个以前市场体系里帮我做项目关系比较近的供应商小林过来聊，约在楼下大堂。他是傍晚的时候到的，我有意无意跟他扯我想弄个小公司的事情，他很聪明，马上就明白了，追问下去，我索性跟他说了。他说，这个容易，我给你办，不会和你有任何关系。大概又过了一个礼拜，他给我送了张空的银行卡，我好奇，忍不住问，你这个怎么操作的？他说，我和华信那边签个广告代理合同，让他们把钱按月支付给我，然后这个是我表弟名字的银行卡，我把他招聘到我公司来了，这是他的工资卡，这里面的钱，你随便取。

而吴总的意图其实很明显，所谓不喜欢自营的人是假的，自营的人都是老体系抽调过去的，也是一直合作的，有啥好不喜欢的？他是不想要我们自营的产品，因为质量不稳定的情况一直都有，看着比德国造便宜，但是老是返修、重购，成本反而高，但现在公司为了扶植自营，都是强制配货，买德国造一定要配一定比例的自营，不过公司只有个最低比例的限制，这个比例之上的分配权在我这里，我这里动动小数点，吴总这里的收益就不是帆布包里面那点钱可以比拟的。

之后的每个月，我会从那张卡里固定收到5万块。找上门的买方其实不止吴总一个，但我只接了吴总的茬，业内待了这么久，都说华信能"通天"，他们的钱我觉得风险小，我自问吴总这里的事算得上天衣无缝，现在想想，有这种额外收入也是我愿意借钱给周晓天的根本原因，我是个清高的人，然而这件事又让我不愿意面对自己真实品格的低下，这些钱我要拿，却又不敢堂堂正正用在自己身上，借给周晓天——也算是用掉了，还得了人情，帮了朋友，这反而让我的道德感有了些安慰。

动公司账户的事情是在周晓天买房又买车之后。我寻思自己确实不应该再开那个polo，已经与身份不符了，但车每天在公司开来开去太扎眼，而且又是个入手又跌价的东西，我只是趁周末全款提了一辆途观，然后将更换重点放在了房子上。从闵行往北，徐汇滨江新出来不少盘，等我挑中房子，发现即使卖掉闵行的房子，加上手头所有现金，我还差150万缺口。

我直接跟吴总打了个电话，只说让他把货款先发到我那个公司走一下账。我想得很简单，这个钱我先挪了用一下，然后之后自己花个半年时间慢慢把货款填上。那一天，我记得很清楚，是2011年的10月8号，十一后上班的第一天，这个电话后，小林给我打了个电话，说，货款有点大，不适合再用每月支费用给我的公司，而且公司性质也不对，他给我换了一个公司，我答应了。

到了2012年初夏，在我还差25万就可以填上所有货款的时候，吴总的公司出了大事。之前几年，北方几个省出现了问题疫苗，媒体盯着不放，断断续续，最终在今年春天公安查到了吴总的公司，吴总因为疫苗的事情进去了，我心里有点慌，有时觉得疫苗的事情很单纯，不至于影响到我，有时又觉得，如果企业被查账，会不会波及到我。

我不敢再打电话，约了小林碰面，问他情况，他说吴总跟他签的广告合同到2012年8月才结束，目前每个月还是按时付款并无问题，他劝我不要担心，所有的材料都是天衣无缝，而且那笔我挪用的货款，也没有走小林名字的公司，都是干干净净的。我跟小林说，我货款还差25万没有还上，问他能不能先借我？小林说他公司小，自己又最近刚换了房，一下子拿不出那么多，十万行不行，我答应下来，承诺过了这一关，多给他点推广的生意。

晚上，我百般无奈下，打了各种电话借钱，其中一个电话给了周晓天，说我现在遇到个坎儿，不论多少，看看他能不能还出来，他电话里答应下来，但再无音讯，我电话过去，他居然变成了关机，我心里气苦，最后别处凑到了钱，便也再没有跟他多说。

2012年8月19日礼拜二，我正在古北办公室上班，前台一阵喧闹，说公司来公安了，我心里咯噔一下，之后大脑一片空白，三个穿短袖的经侦先把我叫到会议室，确认了身份之后，将我带走。警车从虹桥路古北路上高架，一路往北，开到了虹口的经侦总队，我全程一言未发，两个警察一个年长一个年轻，穿过长长的走廊将我带进了地下室。

整个场景像我早年玩过的一个游戏，《生化危机》，一个门，又一个门，长长的走廊，边上的房间门半开着，有的有人，有的没人，我被带进其中一间，坐下，对着一个摄像头，年长的警察在我边上坐下，年轻警察操作电脑设备，过了一会儿，我看到摄像头上的红灯亮了。

年长的警察说，喏，必须两个人在场，所以现在的问询是符合规定的，你可以交代你的问题了。我问，什么问题？年长的警察说，别人举报的，你不知道你的问题？我说，谁举报的？年长的警察说，实名举报，但不能告诉你是谁。

我突然反应过来，如果不是公安通过华信查过来的，而是举报的，就是公司里的事了？我嘴上没吭，只是说，我认为我没有问题。年长的警察冷笑，说，你这个态度不行啊。我说，我确实兢兢业业谨小慎微，不曾有过任何问题。年轻的警察说，不要浪费时间，你早点说完了，争取宽大处理，你们公司也是有挽救你的想法的。我说，你们不考虑诬告的可能吗？年轻警察说，我们没有证据是不可能把你带过来的。

实际上我真的没能顶住，也就10分钟，或者20分钟的光景，我把挪了货款买房的事情说了，金额是150万，时间是八个月，但我钱全部还回去了。我已经猜到举报我的人可能是CFO或者大老板，只有他们俩能上去我操作的那个网银。我心底仅存的希望是，公司能不能不追究，这种事，如果公司不追究，是否可以轻判？

那时，我不知道的是，在外面，是一个我完全想不到的人在捞我，而公司也比我想象的要冷酷得多，也是这个人帮我交掉了罚款，并在我关进去之后来探监，帮我料理外面的事情。

我被判了三年，但实际上满打满算只关了13个月，这一切都离不开他的斡旋帮助。起初我非常不解，我觉得曾经我有所托付的、觉得也许会帮我的人总不会毫无表示，但最终我发现，平日里亲近的人未必是关键时刻愿意帮你的人，而那些愿意帮你的人平日里再疏远遇到难题他也一样会帮你。我出来的时候，他的司机开着辆揽胜来接我，他坐在后排，拉我跟他并肩坐下，说，哈哈，咱们都算是到里面走过一遭的人了啊。

他叫彭辉，是陈曦在上海工作时的老板，我在北京的时候帮过他一个忙,他记到了今天。我知道他帮了我忙,但直到最终被释放之后,我才渐渐知道他究竟帮了我多大忙。这种巨大的人情摆在面前的时候,你会意识到它其实无法偿还,反而能淡定下来,索性坦然接受他更多恩惠。13个月,赔偿公司损失,我知道这已经算是极大的好运,华信每月给我的那些钱没有被揭出来,那张卡我早就还给小林了。要说反省,我有足够的时间来反省了,然而这是我最不想提及的部分,我只能说,这是我的命,我走到今天,怪不得任何人。

我出狱时已经是2013年深秋,彭辉说,我现在在上海待着肯定不舒服,他在金华老家投资了一个民宿,我可以过去住,他出于企业宣传的目的,有给自己弄本自传的打算,他系统跟我聊一聊他的经历,我可以过去慢慢写。我知道他是怕我不愿吃白饭,给我找活儿干。在上海待了半年,我便到了金华下面的一个县,那个民宿区在山里,才刚开始建,起初我住在边上一个路经常坏的村子里(只要一下雨,村口的小桥就会被淹掉),后面彭辉自己来了一次,要让我搬到县城去,我拒绝了,说,这样的情况我更舒服,他看着我抄得满满一本《心经》,拿起来掂了掂,说,人出来了,不能心出不来。我点点头。

除了帮彭辉写自传,我再也无事可干,最后唯一能有的避难所还是文字，这些年，我挖了无数坑没有填，现在，我每天坐在长满灌木丛的窗口，看雾气从清晨一直缭绕到傍晚，平心静气，试着将那些故事尽量讲得完整，可我已知道我此生绝无可能再在此事上有丝毫的精进和收获，我早已是个空心乏味之人。初到金华，我总在凌晨四点定时醒来，醒来便在那一刻觉得深深明了自己的人生，再难睡去。

我记得我还跟彭辉说过，我毕业时定下要跟魔鬼共舞的志向，想来这世上换几件好衣服穿穿，可那时我根本不知道魔鬼是什么，过去我生在这片土地，却觉得自己与它毫无联系，也不知道自己为何来去，现在，栽了跟头才似乎有点点明悟，觉得双脚曾真的踩在上面，如此说来，人不应与魔鬼对立，或世间根本就没有魔鬼，只有你自己，需要被耳光抽醒。

彭辉说，醒什么醒，你看我是不是魔鬼？有不止一个女人，包括我老婆，指着我鼻子骂我是魔鬼，我已在深渊之中，不求醒转。我说，我会再做最后一次努力，但努力要干点什么，我也还不知道，只是这点还想要努力的心思让我觉得我还能活，免得你下个月来我就挂在你的吊灯底下。彭辉抬抬头说，我马上安排人换灯，丑话说好，除非你还完我的欠款加人情，想死是不可能的。我大笑，一躬到底，送他离去。

四

高亮篇

(1. 年轻房客)

春节刚过,我小姨妈就病危了,肺癌晚期,送到胸科医院的第三天晚上大概九点多,我正在走廊尽头的窗口吃一个别人送来的苹果,我那会儿没什么病,但吃苹果吃得很勤,吃的时候默念"每天一苹果,医生远离我",我那天忙得早上苹果忘了吃,想着晚上补一个,我想我是被我小姨妈的病吓到了,护士在喇叭里叫，五床的家属，五床的家属快回来。等我过去，医生告诉我，她已经走了有一会儿了，就这么睡了过去，一动不动，瘦得像陷进被子里的婴儿。

管也拔了几天，这就是个时间问题，我们都有心理准备。护士说，挺好，老太太没有太受罪。她是我母亲唯一的妹妹，有过一段短暂的婚姻，但没有怀孕生子。我记得过去，早些年的时候，人们喜欢夸她瘦，千金难买老来瘦，这会儿我看着她，鼻子一酸，觉得人老了还是胖点好。

她留下的东西都堆在武康路她自己那套小房子里，后来我每个周末过去清，我年纪也大了呀，上上下下的，我也撑不住，就这么停停弄弄，大概清了两个月，算是勉强把房子理了出来。这套房子的产权有很多问题，暂时是卖不掉的，现在只能租，中介的人上门了好几次，我索性签了个长约包给了他们。他们负责给我重新简装，然后我承诺包租给他们5年，不过说好所有租客还是得我自己过一眼。

主要出租的房间顶楼有个阁楼，里面堆着我阿姨处理不掉的遗物，阁楼的门又封不掉，租客不能是太野路子的人。简装花去小半年，主要是室内的粉刷和家具布置，老房子也不能大动干戈，等到可以出租的时候已经入秋了。

起初，我还是把钥匙放在自己手上，让中介小罗约到三四个客户的时候一起上门看，但这么操作下来一个月，房子没租掉，我嫌累，小罗嫌烦，于是索性把钥匙丢给了他，让他自己去推进。钥匙交了没多久，他就给我打电话，说有个客户意向很高，大致也符合我的要求，问我晚上有没有空来一趟，大家谈谈看，我答应了。这便是我第一次见到小陈和小周。

我们约在了附近的咖啡店，中介合同已经准备好了，就让我们自己谈，小陈和小周是一对在上海上班的外地青年，按电视上的说法，算是新上海人。俩人还在谈对象，还没结婚。小陈来自北京，小周来自武汉，我看过了他们的身份证，小陈还给我发了名片，是个贸易公司的总裁助理，小周干瘦细巧，个子高高，话很少，不过能看出是那种腼腆的话少，让人不觉得冷淡，人也帅气，看着还挺讨喜。

当然两个人是强弱分明的，明显什么事情都是小陈在拿主意，小周在边上不顶事儿，有时说两句话，还要被小陈抢白，所以整个谈下来，基本上都是小陈在说，说他们什么时候来的上海，对上海什么感觉，公司是做什么的，地址离得很近，就在建国西路上，所以选了这里，而且特别喜欢法租界，喜欢上海的这种老房子，这才挑到了我们家。我看俩人都有正当职业，看着也都是老实孩子，穿得也很体面，一时也没有挑出来什么毛病，就说，你们都是有为青年啊，离开家乡这么远，来建设上海，不容易啊。小陈说，还好，还好。

我说，有些话我还是要讲啊，你们既然诚心租，我就说在前面。房子虽然弄过了，但始终还是老房子，雨一大，阁楼就容易渗水，这个阁楼虽然没有租给你们，但是麻烦大雨天上去帮我看一眼，尤其是东北角，一会儿我会给你们指是哪里，如果渗水了，给我打个电话，我住得不远，我会叫人来处理的。还有电路，老房子电路总会有些问题，大功率电器还是注意点，一旦跳闸了，也给我打电话，我会安排人处理。小陈说，好的，这都没问题。

我说，阁楼里还有一些我家人的物品，太重了，我实在搬不走了，你们不要动它，同时也帮我留个心，偷也是不怕偷的，偷不走，但阁楼那个门是锁不死的，我们得防个万一，所以你们出门，楼下的铁门一定要锁好。

小陈说，那一楼二楼三楼的人不会上来吗？我说，他们都是几十年的老邻居了，这个不担心，他们房子都还是自己住，也年纪大，没事不会上来的。我又说，但麻烦也麻烦在他们，一是你们得注意轻手轻脚，都是木楼梯，三楼家是个老头，一二楼是一家，是个老太，都怕吵，要是叮叮咣咣的，他们一定会说。再有你们一般尽量不要叫朋友来家里玩，一两个可以，一大帮人不行。就是因为有这些要求，我的房子挂得比附近的房子都便宜，希望你们理解。但是，但是你们还是得注意一下，不要和楼下邻居多说，打个招呼可以的，但不要告诉他们你们多少钱租的，因为他们这几家情况特殊，从来没有出租过房子，整栋楼只有我在出租，我觉得你说了以后，他们会到我这里生事。

小陈和小周听完，一一答应下来，签了一年的合同。我们三个人交换了联系方式，他们俩叫我高先生，我把他们的名字保存成房客小陈和房客小周。不过，合同签掉他俩离开后，中介小罗提醒我，附近的房子都是租给外国人多，中国人住不了多久就会觉得老房子不舒服，性价比不高，这俩年轻人看着对不便之处体会不深，估计之后要麻烦我的地方还会有。

我笑着说，反正我也闲着没什么事儿，我走过来就几步路，中国人有中国人的好，之前有朋友的房子就租给老外的，结果跟我说老外喜欢喝酒，喝醉了闹腾，也是很容易被邻居投诉到110，而且交流起来麻烦，这俩年轻人看着素质挺高，想必一定省心。

这之后，小陈和小周确实没怎么麻烦到我，其间只有一次晚上下雨，小陈让我去看了一眼阁楼，但那里只是如往常一般有些墙面渗水，并未滴下来。这个房子漏雨是外立面的问题，之前小姨妈还在的时候，我女儿叫专人来看过，要修是个大工程，得整个外立面一起修，这个就牵涉到要楼下一起出钱的问题，但没有谈拢，这个事情就搁下了。

大概在他们住进来一个多月的时候，有天早上10点钟左右吧，我在徐家汇公园锻炼完，走出来到建国西路吴兴路那边吃早饭，在不远处看到了小陈，我正想走过去打招呼，突然意识到她边上有个人，那个人还不是小周，小周很高，这个人没有那么高，但看着比小周结实一些，穿着衬衫西裤，他们在往东走，他们中间隔着一段距离，但是呢，我看到小陈的高跟鞋不小心在盲道上歪了一下，那个男小孩就走上去揽她的腰，这我觉得有情况啊，我寻思了一下，远远地跟了过去，一路看着那个男小孩跟着小陈回了家。楼上房间的钥匙我是交给他们了，但楼下大门的钥匙我还有。我看着他们上去，又在楼下等了约莫五分钟，也悄悄跟了上去。

上去以后就真相大白了呀，俩人确实是在轧姘头，门底下一点光都没有，肯定是把阳台的遮光布拉上了，就听着里面床响，俩人声音倒不大，就听着小陈叫了几声老公，真是不要脸，我估计他们是怕楼下老太听到。我没敢待多久，怕他们出来，赶快离开了，下楼梯的时候我也蹑手蹑脚，等到了一楼，踩在水泥地上，我长出了一口气，觉得心跳得不行，我也是不知道我这么紧张干吗,弄得像我自己轧姘头一样。后面我在附近找了个咖啡店门口坐着,盯着小姨妈家那个门洞,过了一会儿我看到那个男小孩先出来了,他四下张望一下,点了根烟往西走,大概又过了十几分钟,我看到小陈出来叫车。为了不让她看见,我起身进了咖啡店埋单。

后面就有意思啦,周一到周五,我只要早上十点到建国西路吴兴路路口,就能看到他们俩,我估计那个男小孩是从衡山路地铁站走过来,然后他们俩在这里吃早饭,吃完回去睡一觉,然后各自再去上班。小周看来是上班去了,完全没有发现这个情况。我当然不会去管,但是我把这个事情和我一个老邻居也是老朋友施阿姨说了,施阿姨么,是个十三点,她兴奋坏了,表示一定要跟着我来看看。

于是我带着施阿姨又守到了他们三四次。我觉得小陈啊,喜欢这个男小孩要多一些,他们周一到周五,天天见面,每次见面都要上楼,然后我看到那个男小孩去拉小陈,小陈想缩回去,四下看看,又没有缩,但是牵着走了一段,看看很煎熬,还是放开。

这样的情况,我看到有好几次,我看着都觉得激动。施阿姨说,哎,想不到年轻人也这样。我说,这话说的,就是年轻人才这样。施阿姨说,这个小陈的男朋友呢?我说,应该是上班去了。施阿姨说,你觉得他发现了吗？我说，我觉得现在还没有。

施阿姨说，我们拍张他们的照片吧？我说，这不好吧？说着我握住了手机，施阿姨没有理我，径自打开手机，咔嚓咔嚓对着远处的小陈和那个男小孩捏了几张，我赶忙也举起手机，但是不禁手心出汗，有些打滑，待我拍好，跟施阿姨比对，发现还是她的三星拍得清楚，拍到了两人牵手的背影，我们约好，暂不外传，只是自己留着看看。

一年快住满的时候，小陈来找我，本以为是要谈续租，没想到她是要马上退掉，说是和男朋友要去北京了。我心里说，那你的姘头怎么办呢？但嘴上只是说，这不合规矩，最后两个月的房租怎么办？小陈说，所以希望能跟高先生友好协商。我说，退是不行的，我要砸在手里了，要么你去找人转租，但转租的人要给我看一眼。

小陈说，怕是等不到找转租的人，能否只扣一个月房租？确实是我们不好。我又是语塞。现在的年轻人真的做事没有规矩，这样的话也说得出口？把别人的利益看得轻如鸿毛，如何期待别人能善待他们？

我想摆事实讲道理，又觉得一阵心烦，小陈穿着个短裙坐在我对面，看着俏生生的，我不禁不客气地说道，那你要想想清楚啊，你做的那些事情。我看她一脸愕然，就翻出手机里的照片给她看，是施阿姨拍了传给我的那张，不是我自己拍的那张。

不待她看得仔细，我又马上收回。小陈说，那是什么照片，你，你一个房东，为什么偷拍我？我说，什么偷拍，你带一些不相干的人来我的房子，我还没有跟你男朋友说。小陈脸涨得通红，说，那是我的好朋友，你不要瞎说。我冷笑，噢哟，有叫好朋友老公的？小陈的表情从惊愕变成了愤怒，说，你想要怎么样？我一时低着头没看她，她恍然间意识到我的眼神瞄着她的大腿。不禁断然喝道，你想也不要想！

我悠悠地说，我想什么？小姑娘不要瞎讲。那个，我不吱声可以的，两个月房租交上来，一个月押金扣掉，你们这个周末就可以走人，其他不要想了，要死了，我还要找人给房间消毒。小陈不再搭话，哗啦一下站起来，扭头就走。到了第二天，她那边还是毫无动静，我发消息过去问，小陈不理。待到周日，小陈打来未来两个月的房租，说会三天内自行搬离。而这期间，我再也没有看到一次小周。我十分好奇小周的情况，也有他的电话，却实在不好意思去问。

不料这事儿还真的没完。第二天，小周居然打电话来约我，说想跟我再聊聊。我答应下来，还是跟他们约在衡山路那个咖啡店，我心里盘算过，如果他们讨价还价，我就告诉他小陈在欺骗他。

我一进门，看到有三个人坐在靠窗的卡座上，阵势非常诡异，小周面朝我，还是平时的打扮，不过多了一顶鸭舌帽在头顶，看着挺帅气，他看我来，就站了起来，他旁边坐着小陈，等我走到跟前的时候，看到了他们对面位子上坐着的，另一个男生的脸，他朝我点点头，啊，这不就是跟小陈搞不清楚的那个男生吗？我有点愣神。

小周开口说话，高先生，这是我们的好朋友，叫张翔。我女朋友人比较老实，把房租都给你了，但我觉得这不对，你还是得把两个月房租和一个月押金退回给我们。我们想办法去转租，转租期间的成本由我们承担，但你现在的行为，就是敲诈勒索。

我心说，娘啊，我说你怎么戴着绿帽子来了，这肯定是被骗了，但这事儿我再掺和下去就没意思了，我操心你女朋友干吗呢？于是说，那行，小周说的话还是在理的，我呢也不是一定要如何如何，我要求的也无非是合同给予我的权益，你们去转租，我的要求最开始租房的时候也已经说得很清楚了。

> 2. 新上海人

　　边上那个一直没有说话的张翔忽然开口,高先生,接下来会租这个房子的人就是我,我在外企上班,公司有俩办公地址,办公室在市区,工厂在老闵行,我家也在工厂附近,但我三天在工厂两天在市区,在市区回家不方便,就得租房,我动过很久这个想法了,现在正好有这个机会,这个房子我也挺满意的。

我一时愣住了，原来在这里等着我呢？我吸口气，说，不是开玩笑啊？他说，不开玩笑，我接着租下去，到一年期满，这之后我要满意，会再和您签合同。您现在也不用退钱给他们了，我直接给他俩钱，明天就张罗张罗搬进来就好。

我看了看张翔，一时也挑不出什么毛病，叹了口气说，那就这样吧。这整场谈话，小陈姑娘全程哑火，一言不发，我拿眼睛看她，她也不看我。我也搞不清楚他们的路子，挥挥手，算了算了，就这样吧。

从任何方面来看，张翔都是个不错的房客。最初交代给小陈小周的那些话，我也又巨细靡遗地跟他说过，他执行的滴水不漏还锦上添花。根据老头老太的反馈，他礼貌，大方，据说还不小气。

比如，他住进来大半个月的时候，我有天来阁楼找一本过去的老相册，楼下的老太坐在门口椅子上发呆，看我来了跟我说，楼上的小伙子是你亲戚？我愣了一下，没说话，点点头。老太说，自家人是不一样，比之前那俩小孩懂事多了。我跟她笑笑，上楼了。

过去，因为这个房子的产权，我们两家起过纠纷，虽然老太没有参与其间，但她那个好儿子跟我没少吵架，甚至还动用了黑社会的力量，我肯定这背后就是她在指挥，心里讨厌她的很。不过后来他儿子去了香港，现在不大回来了，就前两年有个年轻人来过几天，说是她孙子。她现在一个人过，据说不肯去养老院，就有一个请来的护工定期来看看她。

老太年轻的时候在上海滩颇为风光，是个有点名气的舞女，后来嫁给了一个日本人，生了三个儿子，这栋小楼就是日本人给她买的。她讲过的噢，结婚，就要给我买房子。所以结婚就要买房在我们上海是从来就如此的。原本这楼整栋都是她家的，后来么，日本人走了呀，带走了大儿子，留她和小二小三独自在这里，老太性格很强，还有些跋扈不讲理，建国后没少吃亏，房子么被收掉了，还一直批斗她，二儿子是医生，文革期间死掉了，自杀的，她和小儿子活了下来。

我后来问张翔，你怎么跟老太说的，他说，我就告诉她我是你表侄，住这里不给钱，偶尔照顾照顾你。我说，你反应是比小周强。他笑着问，小周啥反应。我说，老太趁他上楼的时候问他，他愣在那里，看看老太，后来一路上去，一句话没吭，老太说他是傻的。

张翔哈哈大笑，这确实是周晓天会干的事儿。张翔总是一副很坦然的样子，是啊，他何止反应比小周强，小周的女朋友也被他撬掉了，完了还帮他数钱，我后来回想他和小陈走在路上，也是显得小陈比较吃他，他倒显得过于淡然了。

张翔在我这里住了三年，但他不是常住，隔三岔五吧，就是来睡个觉，也不开火做饭，他请了个阿姨，两周打扫一次，房间总是干干净净，房租给的也及时。我这一次换锁的时候，没有像上次那样把钥匙全部给出去，而是默默给自己留了一把，趁他不在我会来看一看，他还是讲究的，人不在被子也是叠好的，这很不容易了。

小张也带过一些女孩子来这里，我只看到过一次，是个高高白白的女生，长头发，上海小姑娘。更多的细节是老太主动播报的，她开始说我要做好准备给表侄子办喜事儿了，说有个姑娘天天来，但过了几个月她话风转了，改口说，你表侄子女朋友真多，还都很漂亮，但还是眉开眼笑。不容易啊，不知道张翔怎么花老太太的，能让老太太喜欢我"家人"，真的是不容易，毕竟过去闹得那么僵。

张翔第三年租满前三个月，按照约定提前跟我说了他要下一年退租的消息，但说明了这三个月费用会照付，他是个按章办事的人，我也挑不出什么毛病，每个月，我的中信卡收到他招商卡打过来的这笔房钱，我已经收习惯了，如今要换，我竟不知道说什么好。最后一次交割，他握握我的手说，高先生，多蒙照顾，后会有期。

我看他一身西装革履，得体大方，仍是个白净小伙儿的模样，但显然已经今非昔比，那身西服比我刚认识他的时候要好得多。我心中感叹，就这么放走了一个优质租客啊。嘴上跟他叮嘱：你有朋友要租这一带的房子的话也帮我问问，我就是希望租给你们这样的人。

张翔笑着问，我们是什么样的人？我第一反应想说，我们上海人呀。但看过他身份证，晓得他看着像上海人但其实不是，只好说，就是你这样的新上海人呀。他再次微笑，跟我招招手，转身离开。从那以后我再没有见过他。

2015年夏天，一个外地手机打我电话，我接起来，是一个略带口音的男士，有点熟悉，但我一时没想起是谁，他说，高先生，侬好啊。我说，侬好，你是哪位呀？他说，我是周晓天，小周啊。

我想了一会儿，这是刮的什么风？是不是骗子？但也就几秒钟吧，我开口说，周晓天，小周啊，噢，我记得你我记得你，哎呀，你到哪里去了啊？他说，高先生，我现在在武汉生活，不过我这几天在上海，不好意思打扰你了，有个事情想问问你，实在是没有办法才找到你这里来的。我说，没事你说。

他说，我想问问你还有没有我那个朋友，张翔的联系方式，因为他后面不是租你房子很久吗？我想你们会不会一直有联系。我说,哎哟,过去我是有他电话的,不过也好几年没有打过了,而且我还换过手机,我要翻一翻了,这一般退租了我们就不联系了的,还有啊,你们自己不是朋友吗?为什么你没有他电话了?

他说,这说来话长了,主要是他换了几次号码……这样,我就在淮海路,就在边上,离武康路不远,大概午饭后,我过去请您在边上喝个咖啡,你看方不方便?我想了想,青天白日,横竖没有什么事情,就答应下来。

现在到午饭还有一段时间,我挂了电话心里觉得奇怪,不是没有接到过退租一段时间的租客打来电话,但一般都是什么东西找不到了让我协助找找,看是不是落在那个老房子里了,或者是有东西误寄过来了,小周这样的需求,还是第一次。

我的手机是我女儿负责给我整理的,我已经换了几个了,这几年智能机比较便宜,她一年给我买一个,我挂了电话翻我现在的手机,已经没有张翔的号码了,我又打开抽屉翻出之前的几个手机,重新连着充电,开机,最后折腾了一个小时,终于把他的号码找了出来,用纸抄好,塞在了口袋里,想了想,觉得不放心,又用手机对着旧手机拍了个照片。

我到武康路咖啡馆的时候,小周还没有到,衡山路的那个咖啡店已经关了,这里是后来新开的,我找了个位置坐下来,这里对着出口,正好能看到每一个推门进来的人,我叫了杯拿铁,慢慢撕开送的小饼干,一点点吃。这会儿,周围上班的年轻人们都在回去了,太阳照进来,渐渐变得安静,但仍有一些不知道为什么不用上班的年轻姑娘在拍照,这里是个著名的网红区域,总在路上能看到作这种打扮的年轻人。

施阿姨跟我说,现在的年轻人比过去的更时尚了,她跟我讲了从哪些细节能看出年轻姑娘是不是整过容,她自己也做了光子嫩肤和超声刀,脸看着确实比以前年轻,她劝我也去,起码把老年斑用激光扫掉,说其实老年男性做这个的也不少,但我终究还是没有能过心理上这一关。门口桌子边上那个年轻姑娘换了四个位置分别拍了自拍之后,又去了一次厕所,然后到院子里又去了三次,最后一次,她回来的时候,推门,身后有个高个子男生跟了进来,那个神态我一眼就认了出来,是小周。

小周朝我看看,有点认不出来的样子,于是我把自己的帽子摘了下来朝他挥挥,又戴上,我头发已经都白了,一般情况下我都会戴着它,他朝我走来,跟我握手,他比先前胖,已经显出了成年人的模样。我说,你先点咖啡,他看看我点的,也叫了杯一样的,显然他没有什么情绪好好喝。他说,高先生,张翔的联系方式找到了吗？我说，找到了，但是有点犹豫要不要给你。

他愣了一下，说，高先生不要误会，张翔出了些变故，后来找不到他了，我也是想帮他。我说，啊？什么变故？他说，张翔应该是因为一些事情住了一段时间监狱，但是现在该是出来了，我在找他，我还欠他钱呢。我说，啊哟，这么大事情啊，呶，电话。说着我把口袋里那张纸掏了出来。他接过去，看了看说，不是这个，这个我有，这个已经是空号了。我说，那我没有了啊，我也就这个。

他有些丧气的靠在椅背上，说，这可怎么办？我试探着问，你们之间就没有别的联系方式了吗？他说，我跟小陈分手了，离婚了，不来往了，别的，我们没有别的共同朋友了，他把他网上的联系方式都删了。我说，说不定他不想见你呢？他说，啊？为什么这么说？我说，张翔和小陈的事情，你到底是怎么认为的呢？说完我盯着他看。

他显出了一丝犹豫，沉默了一会儿，小声说，嗨，他们也是在一起了嘛，当时。这下轮到我愣住了，我说，噢，你知道啊。他说，知道，没啥，我不介意的，我和张翔是兄弟。我有点接不下去。他笑了笑说，那时候年轻啊。

我说，那他怎么进去的？他说，应该是他公司的事情吧，具体我不知道，哎，其实我去求求曦曦，她应该能给我个联系方式的，她起码能问到，但她现在倒是真的不理我了。我还是不知道该说什么好，我喝了点咖啡，最后说，那我帮不了你，我走了啊。他忙站起身来说，好的好的，真的麻烦你了。我摆摆手，朝外面走去，有意没有回头，直到走出百米开外。

到建国路口，我没来由的想起了小陈白生生的大腿，想起了张翔去搂她腰的样子，可尽管喝了咖啡，这想象还是不能让我兴奋，我只觉得疲累，更赞叹年轻人的精神。不远处小姨妈的那个房子我们还在出租，那里住着两个日本来的学音乐的女孩，她们二十多岁，已经住了快一年。张翔退租后，再来租的都是这种老外，他们付钱爽快，但都住不太久，我和他们交流很少，也不感兴趣，都是我女儿在应付他们，我乐得清闲。

楼下的老头已经死了，老太去了孙子那儿，两个外国女生孤零零地住在那栋楼里，有时我想想都会觉得害怕，可她们显得很淡定。这里是过去的法租界，都是保护建筑，拆迁是不可能拆迁，卖也不大好卖，我挂的价钱比当年租给小周小陈的时候贵，但也还是比周围其他房子便宜。

我打算再过几年，等我实在老的没有力气了，我就把这边的房子全部卖掉，把钱给女儿，然后让她给我找个养老院住，我跟施阿姨提了这个想法，她也跟几个儿子闹得不是很开心，说到底，儿子都不想跟自己妈住，施阿姨说这个主意不错，她加入。想到这里，我又略感宽慰，人的日子一天天都是一样的，没有什么意思，今天遇到小周起码是个新闻，讲给施阿姨听，想必能让她也开心开心。

五

彭辉篇

尾声

2015年,周晓天跑到上海,给我打电话,约我见面,我没有答应。虽然陈曦后来不肯理我,但是公司里还有跟她一直联系的女同事,我一直通过那个女生在关注着陈曦的动态,我知道周晓天后来跟她离婚,跑去西藏赌博,扔下她和孩子不管的事情,我觉得这个人已经是个烂人,我不想再与他有什么瓜葛。

看我不接电话,周晓天发来很长的消息,先是跟我道歉,希望可以还钱给我,然后问我张翔的情况,说有事情找他。我还是没有理他。张翔现在仍在金华,这些年他好多了,并且帮我做职业经理人,管着那个民宿,但我想了又想,考虑到他身上那些我无法捉摸、理解不透的部分,也考虑到周晓天可能带来的麻烦,就没有把这个事情告诉他。周晓天还是不死心,一直发消息来,又过了一个礼拜,他终于放弃,最后,他从网上搜到了我公司地址,寄了一个包裹过来,说希望我转交给张翔。

包裹里的东西我看了,是三个人的诗集,都薄薄的,分别叫《白银》《内陆深处》和《黄金海岸》,每一本都给了三册。《白银》的署名是 ZXT,这应该是周晓天写的,这本最薄,《内陆深处》的署名是 Jackie,看简介是一个女诗人,我不认识,《黄金海岸》的署名是 blackbird,看简介加上猜测,应该是张翔(他的私人邮箱开头就是 blackbird),他这本最厚。

诗集印的很漂亮,手感也很好,但不是正规出版物,没有定价没有出版社,就这么拿在手里,倒像个创意餐厅的菜单(想不到周晓天还有这种审美,觉得以后我要是开餐厅可以借鉴一下)。三本前面的序言都是周晓天写的,序言是散文,诗是分行的,都是中文,但我都看不明白,什么东西啊,我把这些书往台子上一摔，一天到晚搞这些没用的东西干吗？

我把这些诗集在自己手上留了一个月，后来还是天天想起，觉得奇奇怪怪，于是吩咐助理用顺丰寄到了金华给张翔。张翔收到后给我打了个电话，我说，这是周晓天寄来的，但没有说周要见他的事情。他只说了一个好的知道了，便没有多讲。又过了三天，我收到了张翔寄回来的一本他的诗集，他在扉页上给我题了个名字，手写了几句诗，算是赠送给我了，我挺开心的，那几句诗是这样的：

> 我就要走了
> 离开你爱过的黄金海岸
> 鲸鱼们散落在沙滩上
> 说"不再有"分裂

我还是看不懂，但是只看第一句，觉得不太对，于是打了个电话过去，张翔没有接，我心里有些慌，打给民宿前台，他们说，张总出去几天了，以为我知道。我赶到金华的时候已经是第二天，下着大雨，天阴沉沉的，司机开着车在高速上飞驰，但我已经不着急了。因为刚才民宿的副总已经跟我电话说过了，她已经按我的要求打开了张总的房间，张总已经搬走了，桌上给我留了一封信，用我们配给他的手机压着，也没有密封，她没有敢看。

信我到了之后第一时间看了，是电脑里写了打印出来的，写的真的好长啊，我好久没有看过这么长的东西，但我居然看完了，他回溯了我们这些年的交往，从北京认识开始，讲到陈曦周晓天，讲到他入狱，又讲到出来这些年，讲到他觉得我的经历很传奇，也讲了他现在为什么要走……他就是喜欢长篇大论。

最后他说，感谢我这些年的照顾，他觉得我是个了不起的人，不是魔鬼。他是帮我打了几年工，代笔写了一本自传，但这远远及不上我给他的帮助，他觉得他还不了这个情了，所以索性算了，不念着了，相信我也不希望他天天念着（这倒是）。而且他实在也没有办法再把这种生活这么继续下去了，越继续欠得越多。至于以后如何生活下去，这是他自己应该要面对的问题，所以他打算换个地方，重新开始，有些眉目的时候，会跟我联系，他还有些积蓄，让我不要担心他。

你要问我看了这封信什么感觉，我得说我是一边感动，一边大骂他是个傻逼，跟着我做事，就不能重新开始吗？待在我这里多舒服？多少人想要这个位置，江浙沪周边游市场多大？我这里生意多好？我找个能信任的兄弟多难？你一个刑满释放人员，为什么一定要跑？能去哪里呢？也是一把年纪的人了，还进去熬过一圈，身体这个鸟样，早就垮了，还在折腾个什么呢？民宿的员工们偷偷跟我说过，这些年，张总好像对女人都没有兴趣了，连女人都不喜欢了，还有什么不能放下的吗？文艺青年就是难弄，不好好工作！

我站起来，气的把那本《黄金海岸》在桌子上来回地摔打，但又马上收住了手，我怕弄坏了，这是他第一次送他的作品给我。我疑心他这几年写了很多东西，但都从来没有给人看过，也没有拿去谋求出版，我还跟他说过，我有钱，帮你出个书没有问题，他都是笑笑不多说什么。我突然想到要不要去问问周晓天，但我实在讨厌那个人，我觉得张翔也不可能去找周晓天，那么他去哪里了呢？

我记起我们最开心的那段时光，就是他还没有进去，工作上一帆风顺，我刚从北京回来，虽然出了事，但最终有惊无险，我们成了朋友，经常聚会，喝酒，有一次，我问他，你觉得自己是个什么样的人？他说，他希望成为一个奇妙而不奇怪的人。

我一下子卡住了，我说，你们这种屌人，就是咬文嚼字的厉害。奇妙和奇怪，有什么大的区别？他突然认真起来跟我解释，说了一大堆东西，什么佛祖，什么老子，什么西方东方，中文英文拉丁文，我们都喝得有点多,他开始说我听不懂的话了。

后来,我们喝酒也有别的我的朋友或者他的朋友加入,关于他"一喝酒就要说一些我们听不懂的话"这一特点,大家都达成了共识。那时,我能够感觉到,他这副腔调的原因是因为他很痛苦,"我看起来高兴,但其实很痛苦",他自己也这么说过。

他的这种痛苦总是还能感染我们,使我们焦虑,我们经常因此陷入一些自身具体的麻烦导致的情绪中,和他一起悲观失望,大骂出口,什么难以把握的甲方和投资人,什么不由自主的竞标和暗箱操作,什么做一单亏一单的生意还必须得做,什么学习不好的孩子和不理解我们的女人……凡此种种,我们能有力气吐槽一个晚上,直到彻底醉懵,叫代驾回去。

可现在想想,那些痛苦都是扯淡,而且居然都烟消云散不值一提了,要我现在说,就现在——我待在金华乡下这个民宿的房间里,看着我不知所踪的兄弟留下的信,听着外面愁肠百结似乎要永不停歇的雨声,想着一片苍茫不知如何是好的明天,我得说,那个时候其实是我们最好,最开心,最有力量的时候,我们是身在福中不知福,直到失去了才懂得珍惜,那时的上海就是我们的黄金海岸,第二天清醒地开着车行驶在洒满阳光的高架上,不管是畅通的延安高架,还是拥堵的南北高架,不管是内环中环外环,南京路淮海路肇嘉浜路……适意啊,我们都要幸福地笑出声来吧?我不知道是不是只有我这么认为,我希望我的兄弟以后不论在哪儿,也能这么想想。

后记

最后一章里的那几句诗，来自当年论坛里一个ID叫"早"的网友，我是凭记忆写下来的，已记不得原诗的名字以及其他段落。我跟早不认识，成书之前，有通过朋友去联系他，但没有成功，如果早能够看到，可以跟我联系。那几句诗这么多年来，总是在一些不可名状的时刻萦绕在我的脑海中，让我轻轻地念起，思索黄金海岸是哪里，思索鲸鱼们是如何在沙滩上散落，思索"不再有"为什么要被加上双引号，想来对我的影响已经不亚于另外两个一直被我重读的诗人，"番禺路"和"比利珍"。

是的，那时大家的ID都是这样的，很不正式地随意着，忤逆着孔老夫子的教诲"名不正则言不顺"，但以我看来，再没有比这些ID们写出的句子更顺的中文了。我猜测番禺路用这个名字是因为他在上海交大读书，比利珍大概是因为喜欢迈克尔·杰克逊。这样的典故，如果你坐在我对面，我能够说上一个下午。然而说完之后，我知道必然有不可抑制的伤感。

因为那一代在论坛里写诗的人就这么过去了,大多数都像早这样,失去了音讯,我一直在等着有人写写这些事情,比如那些当年的耀眼的"主角"们,我想他们的文笔和认知从来都不会是问题,毕竟我从来没有能够成为他们,所知道的也不够传奇,不够多,然而造化弄人,似乎一直没有人做这个事儿。我的青春已经过去了,只能捎带着讲一讲,尽一下提醒的义务(不要忘记),也感谢那些句子照亮过一个惨绿少年晦暗的生命。

每一代人都是一样的,出现,喧哗,消失,能长久留在舞台上不走的是少数,这不能不给我一场大梦的虚幻感。过去,武夷路定西路路口有一家KTV叫"梦在上海",它换过几次店招,也已经倒闭关张,但那个巨大的"梦"和"上海",一直挂在那里很久(下面还有英文 Dream in Shanghai)。这些年里每次经过,看着店员们来上班,熙熙攘攘,笑脸相迎,指挥豪客们倒车入库,我没有进去过,却对这个名字印象深刻,被它击中。因为我常常觉得,KTV已经是多数人生活中最忘情的瞬间了。大多数时候,我们都扛着一个壳。然而最典型的KTV场景莫如一个人在台上抵死陶醉掏心掏肺地唱,而其它人玩骰子三国杀浑然不觉旁若无人:这也是我们必然孤独的生活写照。

我赖以谋生的生计又忙又累,很羡慕陀思妥耶

239

夫斯基有安娜，或者所有那些"有一个能陪丈夫校稿朗读的妻子"的作家。但上海生活不易，我的太太和我同样忙累，担负不了这样的工作，写没有效益的文章而没有被赶出家门，已是她对我最大的包容和支持了。另外是一定要感谢 WPS 的自动阅读功能，就是靠着这个功能，我模拟了无数次自己的读稿会，想象每个人物的音容笑貌，把这篇并不长的东西听了又听改了又改。作品很难用几句话解释清楚，我提供的有价值的东西也许仅仅只是一些场景，某个瞬间，愿你们在阅读中度过了美好的历程。

老王子于上海

图书在版编目（CIP）数据

黄金海岸/老王子著. -- 上海：上海文艺出版社,2021
ISBN 978-7-5321-7985-5
Ⅰ.①黄… Ⅱ.①老… Ⅲ.①长篇小说－中国－当代
Ⅳ.①I247.5
中国版本图书馆CIP数据核字(2021)第134023号

发 行 人：毕　胜
责任编辑：项斯微
装帧设计：周安迪

书　　名：	黄金海岸	
作　　者：	老王子	
出　　版：	上海世纪出版集团　　上海文艺出版社	
地　　址：	上海市绍兴路7号　200020	
发　　行：	上海文艺出版社发行中心发行	
	上海市绍兴路50号　200020　www.ewen.co	
印　　刷：	苏州市越洋印刷有限公司	
开　　本：	787×1092　1/32	
印　　张：	7.625	
插　　页：	2	
字　　数：	129,000	
印　　次：	2021年9月第1版　2021年9月第1次印刷	
ＩＳＢＮ：	978-7-5321-7985-5/I·6331	
定　　价：	45.00元	
告 读 者：	如发现本书有质量问题请与印刷厂质量科联系　T:0512-68180628	